Short Stories

German 2.1
Reader

by Gerhard Maroscher

Illustrations by Elizabeth Vest

Information for teachers

These 28 short stories were written to capture the student's interest. There is no central theme, nor are there central characters.

At the beginning of each story there is a list of the target vocabulary for that story. The target vocabulary is learned in classroom exercises and is repeated in the text of the story. The words/phrases in **bold** type are provided to challenge students. At the end of each story the students can find the English meanings of the words/phrases in **bold** type.

The target vocabulary used in the stories builds upon itself. For example the tenth story uses not only the target vocabulary for that story, but also uses vocabulary already learned in the previous nine stories. The last and longest story utilizes a significant percentage of the target vocabularies of the 27 previous stories.

In my classroom, I teach the target vocabulary sequentially from story 1 to story 28. After the students have learned each new set of target vocabulary words/ phrases, the students read the corresponding story.

The target vocabulary closely mirrors the vocabulary of Blaine Ray's "What a Coincidence!" in *LOOK I CAN TALK MORE!* Teachers have the option of using the stories for supplemental reading, teaching the target vocabulary with subsequent reading as I do, or supporting *LOOK I CAN TALK MORE!*

E-Mail the author and publisher: gmaroscher@hotmail.com
Web site for more information: www.germanreaders.com
ISBN 13: 978-0-615-15273-8

Geschichte 1

Target words and phrases

reist nach = travels to
reisen nach = to travel to
bittet um = asks for
bitten um = to ask for
während des Fluges = during the flight
während = during, while

Der Junge will reisen

Ein Junge will nach Spanien reisen Aber es gibt ein Problem. Er hat kein Geld. Er bittet seine Eltern um Geld. Aber sie sagen nein. Die Eltern sagen: „Wir geben dir Geld, um nach Deercreek zu reisen, aber du darfst nicht nach Spanien reisen."

Er bittet seine Freunde um Geld. Aber sie haben kein Geld. Er bittet seinen Deutschlehrer, Herrn Müller, um Geld. Herr Müller sagt: „Ich gebe dir kein Geld, um nach Spanien zu reisen, aber ich reise nach Deutschland. Ich habe einen großen **Koffer** und du kannst in dem großen Koffer nach Deutschland reisen. Was du dann machst, **ist mir egal**."

Der Junge denkt: „Ich will nicht nach Deutschland reisen, und ich will nicht in einem Koffer reisen, aber wenn ich in Deutschland bin, kann ich nach Spanien reisen."

Eines Tages kommt Herr Müller mit dem Auto und der Junge steigt ein. Der Lehrer sagt: „Ich habe einen großen, **leeren Koffer.** Du kannst in den Koffer kriechen und du kannst ohne **Flugschein** fliegen." Der Junge bittet Herrn Müller um einen Flugschein, aber Herr Müller sagt: „Nein! Wenn du nach Deutschland reisen willst, kriech in den Koffer."

Der Junge kriecht in den Koffer. Es ist leider sehr dunkel im Koffer, aber der Junge hat eine **Taschenlampe** und er liest ein Buch während des Fluges. Während des Fluges ist es sehr kalt. Während des Fluges wird es dem Jungen langweilig und er macht den Koffer auf. Er geht herum und er findet einen freundlichen Hund in einer **Hundehütte**. Der Hund ist sehr freundlich und der Junge kriecht in die Hundehütte und schläft mit dem Hund. Er schläft während des ganzen Fluges.

Bei der **Gepäckausgabe** schlafen der Hund und der Junge **immer noch**. Eine reiche Frau findet ihren Hund und den Jungen. Sie sieht, dass der Hund den Jungen liebt. Sie denkt: „Es ist süß, dass der Junge bei dem Hund geschlafen hat.“ Sie sagt zu dem Jungen: „Ich will nach Spanien reisen. Willst du während meiner Reise ein Hund-sitter sein? **Ich bezahle** dir 1.000 € pro Tag.“

Der Junge sagt: „Ja“ und die Frau gibt ihm 1.000 €. Der Junge ist glücklich.

English meaning of words in bold type

der Koffer = the suitcase

ist mir egal = I don’t care

der Flugschein = the airplane ticket
leerer Koffer = empty suitcase
die Taschenlampe = the flashlight
die Hundehütte = dog crate, dog kennel
die Gepäckausgabe = the baggage claim area
immer noch = still
ich bezahle = I'll pay
bezahlen = to pay

Beantworte die folgenden Fragen.

1. Wohin wollte der Junge reisen?
2. Worum hat er seine Eltern gebeten?
3. Wie ist der Junge nach Deutschland gereist?
4. Wem gehörte der Koffer?
5. Mit wem hat der Junge geschlafen?
6. Warum wollte die reiche Frau dem Jungen 1.000 € pro Tag bezahlen?

Geschichte 2

(conversational past/Perfekt)

Target words and phrases

ist nach…gereist = traveled to
hat um…gebeten = requested, asked for
ist…gewesen = was

Ein Junge ist nach Deutschland gereist

Markus wollte (wanted to) nach Deutschland reisen, aber ein **Flugschein** ist zu **teuer** gewesen. Er **hat** nicht viel Geld **gehabt**. Ein Flugschein hat $500 gekostet. Der **Flugschein** ist zu teuer gewesen. Er hat nur zweihundert Dollar gehabt.

Er hatte eine Idee. Er hat seinen Freund gebeten, ihn in einer **Kiste** nach Deutschland zu senden. Sein Freund hat Markus mit Federal Express nach Deutschland gesendet. Markus ist in einer groβen Kiste nach Deutschland gereist. Eine Kiste nach Deutschland zu senden ist **billiger** als (than) einen Flugschein zu kaufen.

Der Junge ist in der Kiste nach Deutschland gereist. Im **selben Flugzeug** ist ein Hund in einer **Hundehütte** auch nach Deutschland gereist. Der Hund hat sehr laut geweint und der Junge konnte nicht schlafen. Endlich (finally) hat Markus seine Kiste mit einem Hammer aufgemacht und ist zum Hund gegangen. Markus hat die Hundehütte aufgemacht und hat den Hund in seine Kiste gebracht. Der Hund ist froh gewesen und hat Markus geleckt. Nun ist der Hund ruhig (quiet, calm) gewesen.

Das Flugzeug ist gelandet. Markus hat einige (a few) Stunden in der Kiste gewartet. Die Kiste ist in einem **Lagerhaus** gewesen. Eine Frau ist ins Lagerhaus gekommen.

Die Frau hat geweint und hat ihren Hund gesucht. Sie hat die **leere** Hundehütte gefunden. Sie hat: „Schatzi, Schatzi" gerufen.

Der Junge hat die Kiste mit seinem Hammer aufgemacht. Er hat Schatzti der Frau gegeben. Sie ist glücklich gewesen. Sie hat gesagt: „Du bist so ein netter Junge. Kann ich dir Geld geben?"

Markus hat gesagt: „Nein! Sie müssen mir kein Geld geben." Aber die Frau ist so dankbar (thankful) gewesen, dass sie ihren Hund wieder hatte, dass sie Markus 10.000 € gegben hat. **Dann hat sie ihn eingeladen, mit ihr zu wohnen.**

Sie sind mit einer Limousine zu ihrem Haus gefahren. Das Haus ist wie ein **Palast** gewesen. Markus ist sehr beeindruckt (impressed) mit ihrem Haus gewesen. Die Frau hat dem Jungen jeden Tag 100 € gegeben. Der Junge hat bei der Frau gewohnt und ist überall (all over, everywhere) in Deutschland herumgereist. Er musste die Frau um nichts bitten, denn sie hat ihm ja alles gegeben. Sie ist **immer noch** dankbar gewesen, dass der Junge nett zu ihrem Hund gewesen ist.

Der Junge hat viele teure Klamotten gekauft und hat in teuren Restaurants gegessen. Manchmal (sometimes) haben Bettler (beggars) den Jungen um Geld gebeten. Der Junge hat den Bettlern immer zwanzig Euro gegeben. Der Junge ist nett gewesen, weil er den Bettlern Geld gegeben hat.

Endlich (finally) musste der Junge nach Amerika zurück reisen. Die Frau hat den Jungen umarmt und er hat gesagt: „Danke für alles. Deutschland ist toll gewesen." Sie hat ihn auf die Wange (or Backe) geküsst und hat gesagt: „Bitte, komm nächsten Sommer zurück. Ich bin dankbar, dass du nett zu Schatzti gewesen bist. Ich liebe dich wie einen Sohn."

Markus ist jeden Sommer nach Deutschland zurück gereist und hat bei der Frau gewohnt.

English meaning of words in bold type

der Flugschein = the airplane ticket
teuer = expensive
hat...gehabt = had
die Kiste = the crate
billiger = cheaper, less expensive
im selben Flugzeug = in the same airplane
die Hundehütte = the dog crate
das Lagerhaus = the warehouse
leer = empty
Dann hat sie ihn eingeladen, mit ihr zu wohnen. = Then she invited him to live with her.
der Palast = the palace
immer noch = still

Beantworte die folgenden Fragen.

1. Wohin wollte der Junge reisen?
2. Wie ist der Junge gereist?
3. Wie viel Geld hat die Frau dem Jungen gegeben?
4. Was hat der Junge jeden Sommer gemacht?

Geschichte 3

Target words and phrases

hat…angeboten = offered

ich biete an = I am offering anbieten = to offer

noch = still

Der Talentsucher

Ein Junge ist mit seiner Freundin Karaoke singen gegangen. Der Junge hieß Hans und das Mädchen hieß Trude. Beide haben gut gesungen. Bei dem Karaokerestaurant war ein **Talentsucher** aus Hollywood. Der Talentsucher hat beide singen gehört. Er hat gedacht, dass der Junge ein Star **sein könnte**. Er hat dem Jungen 1.000 € angeboten, um ihn nach Hollywood mitzunehmen. Hans hat gedacht: „Das ist viel Geld." Aber Trude **hat ihn beneidet**, weil der Talentsucher ihr kein Geld **angeboten hat.**

Hans hat zu dem Talentsucher: „Nein Danke" gesagt. Der Talentsucher hat gedacht, dass Hans mehr Geld **haben wollte**. Also hat er Hans 10.000 € angeboten. Aber Hans hat wieder „Nein" gesagt.

Der Talentsucher hat dann gesagt: „Ich biete Ihnen 100.000 € an, um für mich zu singen."

Der Junge hat wieder „Nein" gesagt, weil seine Freundin ihn beneidet hat.

Der Talentsucher hat dann zu Trude gesagt: „Ich biete Ihnen 10.000 € an, um für mich zu singen."

Trude hat **gleich** gesagt: „Für 10.000 € singe ich nicht für Sie. Aber wenn Sie mir 100.000 € anbieten, singe ich für sie."

Der Talentsucher hat gesagt: „Ich biete Ihnen 50.000 € an."

Das Mädchen hat gleich gesagt: „Gut. Ich werde für Sie singen."

Hans **wusste** jetzt, dass er ein **Trottel** war. Er hat gedacht: „Warum soll ich nicht ein Star werden?" Er hat zu dem Talentsucher gleich schnell gesagt: **„Ich habe meine Meinung geändert.** Wenn Sie mir wieder 100.000 € anbieten, singe ich für Sie."

Der Talentsucher hat gesagt: „Gut! Das tue ich. Ich biete Ihnen wieder 100.000 € an."

Der Junge hat gesagt: „Gut! Ich singe für Sie."

Der Talentsucher hat dann mit Trude gesprochen. Er hat zu ihr gesagt: „Es tut mir Leid, aber ich will nicht mehr, dass Sie für mich singen. Der Junge hat viel mehr Talent als Sie." Trude war böse auf den Talentsucher und hat Hans beneidet. Sie ist aus dem Restaurant gerannt und ist zurück nach Hause gefahren. Aber Hans ist ihr nicht nachgerannt. Er ist im Restaurant geblieben und war noch bis Mitternacht im Restaurant. Er hat viel gesungen und hat viel Spaß gehabt.

English meaning of words in bold type

der Talentsucher = the talent scout

sein könnte = could be

hat ihn beneidet = was jealous of him

angeboten hat = offered

anbieten = to offer

bietet an = offers

haben wollte = wanted to have
gleich = right away, immediately
wusste = knew
der Trottel = the fool
Ich habe meine Meinung geändert. = I changed my mind.

Note: 'beneiden' = "to be jealous of." The conversational past is "hat ihn beneidet" = „was jealous of him." But 'beneiden' means to be jealous of material things, whereas 'eifersüchtig auf' refers to being jealous of in a sense of fear of loosing someone's love.

Geschichte 4

Target words and phrases
lernt…kennen = gets to know
kennen lernen = to get to know
großzügig = generous
schließlich = finally
endlich = finally

Der Politiker

Ein Mann ist Politiker. Er lernt viele Leute kennen. Jeden Tag trifft er neue Leute und lernt sie kennen. Er bittet sie um ihre **Stimme**. Weil er so viele Leute kennen lernt, gewinnt er **schließlich** den **Wahlkampf**. Er sagte den Leuten, dass er nach dem **Wahlkampf** großzügig **sein wird**.

Aber er ist nicht großzügig. Er will immer Bestechungen (bribes) bekommen. Obwohl er viele Leute **kennen gelernt hat**, sind viele Leute böse auf ihn. Sie sagen: „Er ist nicht großzügig zu uns. Er ist großzügig zu sich selber."

Schließlich gibt es den nächsten **Wahlkampf**. Er lernt wieder viele Leute kennen, aber viele Leute, die ihn kennen, sind böse auf ihn. Schließlich verliert (loses) er den Wahlkampf.

Er wundert sich: „Was habe ich falsch gemacht?" Zwei Jahren später gibt es den dritten **Wahlkampf**. Während dieses Wahlkampfs ist er sehr großzügig. Er ist großzügig, weil er Leuten Geld gibt, um für ihn zu wählen (vote). Er bietet ihnen $10 an, wenn sie ihn wählen. Aber das ist illegal. Man darf nicht großzügig sein und die Wahl (election) kaufen. **Schließlich** besucht ihn das FBI.

Der FBI-Agent sagt: „Es ist gut, großzügig zu sein, aber man darf nicht großzügig sein, wie Sie großzügig waren."

Der Mann wird verurteilt (convicted) und schließlich muss er ins Gefängnis (prison). Die FBI-Agenten sagen zu ihm: „Sie werden viele neue Leute kennen lernen, während Sie im Gefängnis sind, aber die Leute im Gefängnis sind nicht großzügig."

English meaning of words in bold type

der Politiker = the politician
Stimme = vote; 'die Stimme' also means "the voice."
der Wahlkampf = election campaign
schließlich = finally
sein wird = will be
kennen gelernt hat = got to know

Beantworte die folgenden Fragen.

1. Warum lernt der Mann viele Leute bevor dem ersten Wahlkampf (election campaign) kennen?
2. In wie vielen Wahlkämpfen (election campaigns) lernt er Leute kennen?
3. Gewinnt er schließlich Wahlkämpfe?
4. Wie gewinnt er den ersten Wahlkampf?
5. Wie ist er großzügig im dritten Wahlkampf?
6. Sagt das FBI dem Mann, dass es gut ist, großzügig zu sein?
7. Wer sagt ihm, dass er viele neue Leute im Gefängnis (prison) kennen lernen wird?
8. Sind die Leute im Gefängnis großzügig?

Geschichte 5

Target words and phrases

reist nach = travels to
während = during
während des Fluges = during the flight
bittet…um = asks for
bietet…an = offers
endlich = finally

Der reiche Mann und die Pilotin

Ein Deutscher reist nach Amerika. Während des Fluges geht er zur Toilette. Seine **Brieftasche** fällt in die Toilette. Er kommt in Atlanta an, aber er hat kein Geld. Er hat eine Idee. Im **Flughafen** bittet er Leute um Geld. Er sieht einen Mann und bittet ihn um Geld. Der Mann gibt ihm kein Geld. Der Mann sieht ihn komisch an und geht weg. Er sieht eine Frau und bittet sie um Geld. Die Frau gibt ihm kein Geld. Endlich bittet er eine **Pilotin** um Geld. Er erzählt ihr, dass sein Geld in die Toilette gefallen ist. Sie lächelt und denkt: „Dieser Mann sieht nett aus. Ich gebe ihm Geld." Sie gibt ihm $20 Dollar.

Er sagt: „Gut. Jetzt kann ich mit einem Taxi zum **Marriott** fahren."

Sie sagt: „Ich fahre auch zum **Marriott**." Sie bietet ihm an, mit ihr zum **Marriott** Inn zu fahren. Sie **bezahlt** den Taxifahrer.

Sie kommen beim **Marriott** an. Weil er **wenig** Geld hat, bietet sie ihm an, sein Zimmer zu bezahlen. Dann fragt sie ihn: „Haben Sie Hunger?"

Er sagt: „Ja. Ich habe Hunger.“ Sie **lädt ihn zum Abendessen ein**. Sie bietet ihm an, dass Essen zu bezahlen. Sie essen zusammen.

In drei Tagen hat der Mann neue Kreditkarten, einen neuen **Pass** und Geld. Er geht aus dem Hotel und ein Bettler (beggar) bittet ihn um Geld. Der Mann gibt dem Bettler $100. Er nimmt ein Taxi zum Flughafen. Der Mann reist nach San Francisco. Er steigt in das Flugzeug ein. Er sieht die Pilotin im Flugzeug. Sie fliegen nach San Francisco. Sie landen in San Francisco. Er wartet auf sie. Er bietet ihr an, mit ihm zum Abendessen zu gehen. Sie lächelt und sagt: „Ja, das **würde** mir Spaß machen.“

Sie kommen beim Hotel an und nehmen ein Taxi zu einem tollen, teuren Restaurant. Der Mann ist sehr reich. Nach dem Essen gehen sie die Straße entlang. Sie sehen eine Ben & Jerry’s **Eisdiele**. Die Pilotin sagt: „Ich möchte heute Abend auch etwas Billiges essen. Ich mag Schokoladeneis.“

Er sagt: „Ich kann Ihnen etwas Teueres oder Billiges kaufen. Was immer Sie wollen.“

Nach einer Woche in San Francisco reist er zurück nach Deutschland. Jedes Mal, wenn er nach Amerika reist, **trifft** er sie zum Abendessen. Nach dem Abendessen kauft er ihr immer ein billiges Eis.

English meaning of words in bold type

die Brieftasche = the wallet
der Flughafen = the airport
die Pilotin = the (female) pilot
Marriott = name of a world-wide hotel chain.
bezahlt = pays
wenig = a little bit
lädt ihn zum Abendessen ein = invites him to dinner
der Pass = the passport
würde = would
die Eisdiele = ice-cream parlor
trifft = meets

Beantworte die folgenden Fragen.

1. Wo hat der reiche Mann sein Geld verloren (lost)?
2. Hat er nur eine Person um Geld gebeten?
3. Wer hat das Taxi zum **Marriott** bezahlt.
4. Nach dem Abendessen will die Pilotin noch etwas essen. Was will sie essen?

Geschichte 6

Target Words and phrases
während = while, during
schlieβlich = finally
bittet um = asks for
bietet…an = offers
lernt….kennen = gets to know

Das Kidnapping

Ein Junge steht auf. Er **duscht sich**. Er zieht sich an. Er isst kein Frühstück. Er trinkt nur einen Orangensaft und geht Jogging. Es ist ein schöner Tag. Die Sonne scheint und es ist warm. Der Junge denkt: „Heute **wird** ein guter Tag **sein**." Plötzlich kommt eine groβe, schwarze Limousine und hält vor dem Jungen. Zwei Männer in schwarzen Anzügen (suits) springen aus dem Auto und kidnappen den Jungen. Die

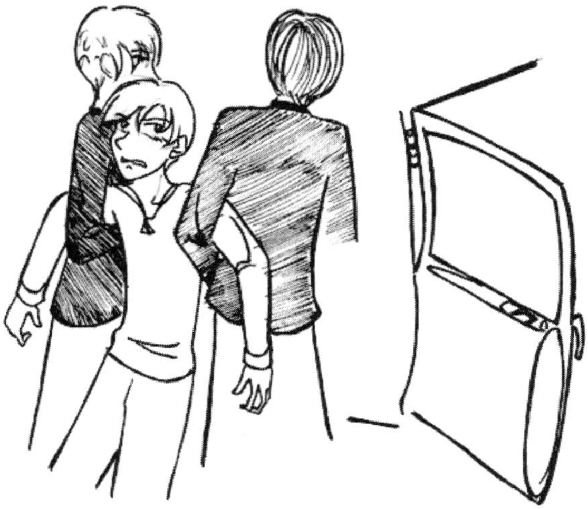

Männer glauben, dass der Junge ein **Außerirdischer** ist. Sie reisen nach NY zu dem Männner-in-Schwarz-**Büro** (MIB).

Sie ziehen den Jungen **fast** ganz aus und werfen ihn **fast** nackt in eine **Zelle**. Während er in der Zelle auf dem Fuβboden sitzt, kommt eine Frau vorbei. Er bittet sie um Essen. Sie sagt: „Ich bringe dir Essen." Schlieβlich kommt das Essen, aber er bekommt **Schlangenaugen** zu essen, weil die Männer-in-Schwarz glauben, dass er ein **Reptil-Außerirdischer** ist.

Der Junge bittet um anderes Essen. Er sagt zu der Frau: „Ich bin ein Junge. Ich bin kein Reptil-Außerirdischer."

Sie antwortet: „Ich glaube dir nicht." Der Junge fällt auf die Knie und bittet sie um ein Thermometer. Sie bringt ein Thermometer. Der Junge steckt das Thermometer in seinen Mund. Nach drei Minuten nimmt er das Thermometer aus seinem Mund und zeigt der Frau das Thermometer. Weil er eine normale Körpertemperatur (body temperature) hat, glaubt die Frau, dass er ein Junge ist. Plötzlich wird die Frau rot, weil er **fast** nackt ist, und gibt ihm seine Kleider zurück.

Der Junge zieht sich an. Sie geht in die Zelle und lernt ihn kennen. Der Junge lernt sie auch kennen. Der Junge gibt ihr die Hand und sagt: „Meine Hand ist warm. Ich bin kein Reptil-Außerirdischer."

Sie schaut ihn an, umarmt ihn und küsst ihn auf die Wange. Sie sagt: „Es tut mir Leid."

Plötzlich kommen zwei Männer-in-Schwarz in die Zelle. Sie schreien: „Sie ist auch eine Außerirdische!"

Sie sagt zu ihnen: „Bitte steckt das Thermometer in den Mund des Jungen und ihr werdet sehen, dass er kein Reptil-Außerirdischer ist." Sie stecken das Thermometer in den Mund des Jungen. Seine Temperatur ist normal. Die zwei Männer bieten dem Jungen $5.000 **Entschädigungsgeld** an.

Der Junge antwortet: „Nein, ich nehme das Geld nicht. Sie sind nicht groβzügig genug. Ich werde Sie verklagen (I will sue you). **Wahrscheinlich** werde ich $100.000.000 bekommen."

Plötzlich **setzen** die zwei Männer und die Frau schwarze **Sonnenbrillen auf**. Einer von den Männern hebt eine kleine **Taschenlampe** und macht das Licht an. Der Junge hat keine Sonnenbrille. Der Junge **vergisst** alles. Sie fahren den Jungen zurück zu seinem Haus. Der Junge joggt wieder und denkt: „Heute wird ein guter Tag sein."

English meaning of words in bold type

duscht sich = showers
wird…sein = will be
der Außerirdischer = space alien
das Büro = the office
fast = almost
die Zelle = the cell
die Schlangenaugen = snake eyes
Reptil-Außerirdischer = reptile space alien
das Entschädigungsgeld = compensation money
wahrscheinlich = probably
setzen Sonnenbrillen auf = put sunglasses on
die Sonnenbrille = the sunglasses
die Taschenlampe = the flashlight
vergisst = forgets

Beantwortet die folgenden Fragen.

1. Was trinkt der Junge bevor er joggen geht?
2. Wohin fahren die Männer-in-Schwarz den Jungen?
3. Wo sitzt der Junge im Männer-in-Schwarz-Büro?
4. Wie viel Geld bieten die zwei Männer dem Jungen an?
5. Wie viel Geld bekommt der Junge am Ende?

Geschichte 7

Target words and phrases

in Urlaub gehen/fahren = go on vacation
lädt…ein = invites
zum Abendessen = to dinner
hat…bezahlt = paid

Der Gauner

Ein Mann **wollte** in Urlaub gehen. Aber er hatte kein Geld. Er hat gedacht: „Ich werde jemanden mit Geld einladen, um mit mir in Urlaub zu gehen." Aber es gab ein Problem. Er **hat niemanden gekannt, der Geld hat**. Er hat im Internet gesucht und hat eine neue Freundin, die reich und **einsam** ist, gefunden.

Schließlich **haben** sie sich **getroffen**. Der Mann mochte sie nicht, aber sie hatte Geld, also war er sehr nett zu ihr. Er hat ihr gesagt, dass er viel Geld hat und sie hat ihm geglaubt, aber sie hat zu ihm gesagt: „Ich liebe dich, auch wenn du kein Geld hast."

Eines Tages hat er zu ihr gesagt: „Willst du in Urlaub gehen?"

Sie hat gesagt: „Oh, ja. Wohin willst du in Urlaub gehen?"

Er hat gesagt: „Ich will nach Bali reisen. Es gibt einen schönen **Strand** in Bali. Aber ich lade dich in den Urlaub ein, wo immer du hinfahren willst."

„Oh das ist toll", hat sie gesagt. Er hat ihr angeboten: „Ich **bezahle** die **Flugscheine** und den Urlaub."

Sie war **überrascht** und hat gesagt: „Du bist nicht nur nett, du bist auch großzügig."

Nächsten Monat sind sie zum **Flughafen** gefahren. Aber als er die Flugscheine kaufen sollte, hat er gesagt: "Ich kann meine Kreditkarten und mein Geld nicht finden." Er hatte nur seinen **Pass**. Er ist errötet und hat sie gefragt: „Was können wir tun?"

Sie hat gesagt: „Ich biete dir an, den Flugschein und den Urlaub zu bezahlen."

Er hat gelächelt und hat gesagt: „Du bist so nett und großzügig."

Sie sind erster Klasse nach Bali geflogen. Sie sind angekommen und sie hat das Hotel bezahlt. Dann hat sie ihn zum Abendessen eingeladen und sie hat bezahlt. Sie hat ihn jeden Tag zum Abendessen eingeladen und hat jeden Tag bezahlt. Sie hat ihm auch ihre Kreditkarten gegeben. Der Mann hat gedacht: „Ich bin sehr **klug**. Ich bin **kostenlos** in Urlaub gefahren und sie lädt mich immer ein und bezahlt alles."

Aber schließlich hat er einen Fehler gemacht. Er hat einen Freund angerufen. Er hat mit seinem Freund gesprochen. Er hat über sie gelacht und hat gesagt: „Die blöde Kuh lädt mich immer ein und bezahlt alles. So lange ich sie manchmal küsse, ist sie großzügig und glücklich."

Aber die Frau hat **zugehört**. Sie wurde sehr böse auf ihn. Sie wurde wütend (furious).

Während der Nacht ist sie aufgestanden und hat seinen Pass, die Kreditkarten und den Flugschein in die Toilette geworfen und ist ohne ihn zum Flughafen gefahren.

Während des Fluges nach Hause hat sie gelächelt und hat gedacht: „Wie wird der **Gauner** ohne Geld wieder nach Hause kommen können?"

English meaning of words in bold type

der Gauner = chiseler, trickster, crook, rogue
wollte = wanted to
hat niemanden gekannt, der Geld hat = didn't know anyone, who had money
(The 'der' in this context = "who or that.")
einsam = lonely
haben…getroffen = met
der Strand = the beach
bezahle = pay (for)
die Flugscheine = the airplane tickets
überrascht = suprised
der Flughafen = airport
der Pass = the passport
klug = wise, clever
kostenlos = free
zugehört = listened

Beantworte die folgenden Fragen.

1. Wer hat den Flugschein bezahlt?
2. Wer hat das Hotel bezahlt?
3. Wer hat das Abendessen bezahlt?
4. Was war der Fehler des Mannes?
5. Was hat die Frau mit dem Flugschein, den Kreditkarten und dem Pass gemacht?

Geschichte 8

Target Words and Phrases

verabschiedet sich = says goodbye
der Ober = the waiter
die Rechnung = the bill
sie bezahlt = pays

Sie wird sich nicht verabschieden

Zwei Frauen sind im Urlaub in Deutschland. Eines Tages haben sie Lust, in ein elegantes Restaurant zum Abendessen zu gehen. Sie reisen mit einer Reisegruppe von Frauen. Sie verabschieden sich von den anderen Frauen und fahren mit dem Zug zur Altstadt.

Während der Fahrt lernen sie eine nette alte Frau kennen. Die alte Frau erzählt ihnen von einem eleganten Restaurant in der Altstadt. Sie bietet an, ihnen das Restaurant zu zeigen. Sie reden lange im Zug. Schließlich kommt der Zug am Bahnhof an und sie steigen aus. Sie gehen zu Fuß vom Bahnhof zum Restaurant.

Als sie beim Restaurant ankommen, verabschiedet sich die alte Frau mit einem Wangenkuss. Eine von den zwei Frauen sagt zu der alten Frau: „Kann ich Sie zum Abendessen einladen? Ich bezahle die Rechnung."

Die alte Frau sagt: „Aber Sie haben mich **gerade** kennen gelernt. Das sollten Sie nicht anbieten." Schließlich sagt die alte Frau: „OK. Ich esse gerne Abendessen mit Ihnen."

Als sie sich an den Tisch setzen, kommt der Ober. Der Ober ist ein alter Mann. Der Ober schaut die alte Frau an. Er kann es **kaum** glauben. Sie war seine Freundin, als sie jung waren. Er liebte sie, aber sie wollte ihn nicht heiraten und hat sich vor 40 Jahren von ihm verabschiedet. Er fragt die alte Frau: „**Trude**. Weißt du, wer ich bin? Ich bin Hans." Die alte Trude schaut ihn an und **erkennt** ihn. Sie steht auf und sie umarmen sich. Beide haben **Tränen** in den Augen.

Der **Besitzer** des Restaurants sieht, wie sich die zwei alten Menschen umarmen und weinen und fragt: „Was ist los?" Die beiden erzählen ihm die Geschichte. Der Besitzer sagt: „Hans, bitte setz dich! Ich bin jetzt der Ober und du und deine Freundin und ihre Freunde, ihr seid alle meine Gäste. Ich bezahle die Rechnung. Ich lade euch alle zum Abendessen ein. Was **wollt** ihr essen?"

Sie haben ein wunderbares Essen und einen wunderbaren Abend. Schließlich ist es sehr spät und die zwei Freundinnen verabschieden sich von dem Besitzer. Sie verabschieden sich von dem Ober und sie verabschieden sich von der alten Frau. Die alte Frau sagt zu ihnen: „Ihr seid zwei **Engel.** Wenn ihr mich nicht eingeladen hättet, hätte ich Hans nie wieder gesehen." Dann dreht sich die alte Frau um und sieht Hans an. Sie sagt: „Ich habe mich einmal von dir verabschiedet. Ich verabschiede mich nie mehr."

English meaning of words in bold type

gerade = just
kaum = hardly, barely
Trude = a woman's name
erkennt = recognizes
Tränen = tears   die Träne = the tear
der Besitzer = the owner

wollt = want (plural)
der Engel = the angel

Beantworte die folgenden Fragen.

1. Wo sind die zwei Frauen im Urlaub?
2. Wer zeigt den zwei Frauen, wo das Restaurant ist?
3. Wie heißt die alte Frau?
4. Verabschiedet sich die alte Frau wieder von dem alten Mann?

Geschichte 9

Target words and phrases

in Urlaub fahren = go on vacation
verabschiedet sich = says goodbye
Sie laden…zum Abendessen ein. = They invite…to dinner.
hat Lust = feels like, wants
schaut…hinein = looks into
rettet = saves
retten = to save
ertrinkt nicht = does not drown
Der Ober bringt die Rechnung. = The waiter brings the bill.
Er bezahlt die Rechnung. = He pays the bill.

Sie ertrinkt nicht

Ein Mann und seine Frau fahren in Urlaub nach Deutschland. Sie fahren zum Flughafen mit den Eltern der Frau. Sie kommen beim (bei dem) Flughafen an und sie verabschieden sich. Die Frau verabschiedet sich mit einem Kuss und der Mann verabschiedet sich mit einem **Händedruck.** Sie landen in Frankfurt. In Frankfurt laden sie eine Freundin zum Abendessen ein. Die Frau ist eine **Tierfreundin**. Die Frau hat Lust, in einem **Mövenpick** zu essen. Sie haben alle Lust, Suppe zu essen. Sie **bestellen** alle Suppe.

Der Ober bringt die Suppe. Alle essen die Suppe. Die Suppe ist **lecker**. Aber es gibt ein Problem. In der Suppe des

Mannes ist eine Fliege. Die Fliege schwimmt in der Suppe. Die Fliege ertrinkt **fast**. Der Mann sieht die Fliege nicht und fast isst er sie. Aber die Tierfreundin schreit: „Iss nicht die Fliege!“

Der Mann sieht die Fliege und ruft den Ober. Der Ober ist in der Küche und schaut in das Restaurant hinein. Er kommt **sofort**. Er schaut in die Suppe hinein und sieht die Fliege. Die Fliege kann nicht gut schwimmen. Die Fliege ertrinkt fast. Der Ober sagt: „Es tut mir Leid. Ich werfe die Suppe mit der Fliege weg.“

Die Tierfreundin sagt aber: „Bitte töten Sie nicht die Fliege. Bitte retten Sie die Fliege.“

Der Ober sagt: „OK, ich rette die Fliege.“ Also rettet der Ober die Fliege. Er nimmt die Fliege aus der Suppe und gibt sie der Tierfreundin. Die Fliege ertrinkt nicht. Die Tierfreundin ist dankbar.

Der Ober bringt die Rechnung. Der Mann will die Rechnung bezahlen, aber die Rechnung ist sehr hoch. Er fragt den Ober: „Die drei Suppen waren 20 €, aber es gibt auch ‚FR--20 €.‘ Was ist FR und warum kostet es 20 €?“

Der Ober sagt: „Ach, FR **bedeutet** ‚Fliegenrettung.‘ Fliegenrettung ist nicht **kostenlos**.“

Der Mann bezahlt die Rechnung, aber er verabschiedet sich nicht von dem Ober.

English meaning of words in bold type
der Händedruck = the handshake
die Tierfreundin = the (female) animal lover
Mövenpick = restaurant and ice cream chain
bestellen = order
lecker = delicious, yummy
fast = almost
sofort = right away, immediately, instantly
bedeutet = stands for, means
kostenlos = free

Beantworte die folgenden Fragen.

1. Was haben die Leute im Restaurant bestellt?
2. Was ist in der Suppe des Mannes gewesen?
3. Was hat der Ober gesehen, als er in die Suppe hineingeschaut hat?
4. Wer hat die Fliege gerettet?
5. Wer hat die Rechnung bezahlt?

Geschichte 10

Target words and phrases
das Flugzeug = the airplane
der Flugschein = the airplane ticket
steigt…ein = gets in
der Lottoschein = the lottery ticket

Zwei Frauen reisen nach Deutschland

Eine Frau will Urlaub machen. Sie will nach Deutschland reisen, aber sie will nicht alleine reisen, also lädt sie eine Freundin ein. Sie sagt zu ihrer Freundin: „Ich kann deinen Flugschein nicht kaufen, aber **es wäre schön, wenn** du mit mir reisen **könntest**."

Ihre Freundin sagt: „Es ist nett, dass du mich eingeladen hast. Ich kaufe gerne meinen Flugschein und will mit dir nach Deutschland reisen. Ich war schon lange nicht mehr im Urlaub."

Sie rufen ein Taxi und steigen in das Taxi ein. Sie kommen beim **Flughafen** an und steigen aus. Dann steigen sie in das Flugzeug ein. Während des Fluges reden sie. Sie sind ganz **aufgeregt** und können **kaum** warten, bis sie ankommen.

Das Flugzeug fliegt acht Stunden lang. Kurz nachdem sie ankommen, steigen sie aus. Als sie aussteigen, **verabschieden sie sich** von der Stewardess. Sie rufen dann ein Taxi und steigen ein. Leider **vergessen sie** ihre **Handtaschen** in dem Taxi. Sie gehen zur Polizei, aber die Polizei kann das Taxi und den Fahrer nicht finden. Ein Polizist sagt zu ihnen: „Es tut mir Leid, aber der Taxifahrer war ein **Dieb."**

Zusammen haben sie nur fünf Euro. Sie sind **verzweifelt.** Sie gehen die Straße entlang. Sie kaufen dann einen Lottoschein. Am nächsten Tag gewinnen sie 10.000.000 €. Sie sind sehr glücklich. Sie machen sechs Monate Urlaub, bis sie wieder nach Hause reisen.

English meaning of words in bold type

es wäre schön, wenn = it would be nice, if
könntest = could
der Flughafen = the airport
aufgeregt = excited
kaum = barely, hardly
verabschieden sie sich = they say goodbye
sie vergessen = they forget
die Handtaschen = the purses
der Dieb = the thief
verzweifelt = desperate

Beantworte die folgenden Fragen.

1. Wohin sind die Frauen in Urlaub gefahren?
2. Wo haben sie ihre Handtaschen vergessen?
3. Wie viel Geld haben sie gewonnen?
4. Wie lange waren sie im Urlaub?

Geschichte 11

Target words and phrases
hat Lust = feels like, wants
macht Urlaub = goes on vacation
der Flugschein = the airplane ticket
der Flughafen = the airport
der Lottoschein = the lottery ticket

Die Ostsee

(The Baltic Sea)

Ein Amerikaner heiβt John. Er hat Lust, Urlaub in Europa zu machen. Er kauft einen Flugschein und fährt zum Flughafen. Er steigt in ein großes Flugzeug ein und fliegt nach Deutschland. Er landet in Frankfurt. Er fährt zu einem großen Hotel in Frankfurt und geht spazieren. Am Abend isst er allein Abendessen. Am nächsten Morgen **mietet** er einen Mercedes. Er fährt nach Rostock. Rostock ist an der **Ostsee**.

Plötzlich sieht er eine schöne Frau. Ihr Auto ist kaputt und sie braucht Hilfe. Er hält an, steigt aus und geht zu ihr. Aber die Frau ist eine Diebin. Ein Mann mit einer Pistole steigt

aus dem Auto und sagt: „Hände hoch oder ich schieße." Der Mann und die Frau stehlen seine **Brieftasche** und seinen

Mietwagen. Der Dieb und die Diebin fahren mit den zwei Autos weg. Sie fahren nach Rostock.

John hat jetzt kein Auto und kein Geld, also **trampt** er. Ein **LKW** hält an und fährt ihn nach Rostock. Der LKW-Fahrer bietet ihm 20 € an. John sagt: „Das ist sehr großzügig von Ihnen. Danke." John geht dann zum Abendessen. Die Rechnung ist 10 € und er bezahlt die Rechnung und verabschiedet sich.

Er kauft einen Lottoschein und er gewinnt 10.000 €. Dann mietet er ein anderes Auto und fährt zur Ostsee. Er kommt am **Strand** an, es gibt aber ein Problem. Er hat keinen **Badeanzug**. Er **merkt** dann, dass viele Schwimmer nackt sind.* Er zieht sich aber nicht aus und geht den Strand entlang.

Eine schöne Frau kommt zu ihm und redet mit ihm. Er **errötet**, obwohl sie einen Bikini trägt und nicht nackt ist. Sie reden unter ihrem **Schirm**. Schließlich **erkennt** er sie, aber sie erkennt ihn nicht. Sie ist die Diebin. Später schwimmt die Diebin in der Ostsee und John sitzt unter dem Schirm. Während sie im Wasser ist, schaut er in ihre **Handtasche** hinein und er findet seine **Brieftasche.** Alles Geld und alle Kreditkarten sind noch da. Er nimmt ihre Kleider und Handtasche und wirft sie in einen **Müllcontainer** und fährt weg. Er denkt: „Dieser Urlaub macht Spaß."

English meaning of words in bold type

mietet = rents
die Ostsee = the Baltic Sea
die Brieftasche = the wallet
der Mietwagen = the rental car
trampt = hitchhikes
LKW = Lastkraftwagen = semi-truck
der Strand = the beach

der Badeanzug = the bathing suit
merkt = notices
errötet = blushes
der Schirm = the umbrella
erkennt = recognizes
die Handtasche = purse
die Brieftasche = the wallet
der Müllcontainer = the trash dumpster

* Many beaches in Germany and much of Europe are topless and on some beaches, some bathers don't bother with bathing suits.

Beantworte die folgenden Fragen.

1. Auf welchem Flughafen ist der Amerikaner gelandet?
2. Wie ist der Amerikaner nach Rostock gefahren?
3. Wer hat dem Mann das Geld für Abendessen gegeben?
4. Was hat der Mann mit der Handtasche und den Kleidern der Frau gemacht? Hat es ihm Leid getan?

Geschichte 12

Target words and phrases
hat…erfunden = invented
hat…verloren = lost
der Golfplatz = the golfcourse
die Golftasche = the golfbag

Tiger Woods

Tiger Woods hat einen schlechten Tag. Er steht auf, duscht sich und zieht sich an. Aber er kann seine **Brieftasche** nicht finden. Er hat seine **Brieftasche** verloren. Er geht zu seinem Auto, aber er hat seine **Autoschlüssel** verloren. Er muss zu Fuß zum Golfplatz gehen. Er macht den **Kofferraum** auf und sucht seine Golftasche. Die Golftasche ist weg. Er hat seine Golftasche verloren. Er muss ohne Golftasche und ohne Geld zum Golfplatz gehen

Er trampt (hitchhikes). Sofort hält eine junge Frau an. Sie fährt ihn zum Golfplatz. Tigers Caddie ruft ihn an und sagt, dass er krank ist und dass er heute die Golftasche nicht tragen kann. Tiger erzählt der Frau, dass er seine Brieftasche, **Schlüssel** und Golftasche verloren hat. „Ich kann heute nicht in dem **Tournier** spielen, weil ich alles verloren habe."

Die Frau sagt: „Ich biete Ihnen meine Golftasche und Golfschläger an."

Tiger antwortet: „Danke. Das ist großzügig von Ihnen. Sie haben mich gerettet."

Leider sind die Golfschläger sehr kurz. Die Golfschläger sind kurz, weil die Frau sehr klein ist. Tiger muss auf seinen Knien spielen. Aber Tiger **benutzt** die kurzen Golfschläger und spielt sehr gut. Also hat er ein neues Golfspiel erfunden. Er fährt zum **Patentamt** und **meldet ein Patent an**. Er hat ein neues Golfspiel erfunden. Bald kaufen alle Golfspieler der Welt kurze Golfschläger und kleine Golftaschen. Tiger spielt immer mit kurzen Golfschlägern und gewinnt immer.

Aber es gibt ein Problem. Seine Knie tun weh. Er geht zum **Arzt**. Der **Arzt** sagt: „Sie sollen nicht mehr mit kurzen Golfschlägern Golf spielen." Tiger weiβ, was er tun soll. Er denkt: „Ich muss ein neues Golfspiel erfinden und ich muss neue Golfschläger erfinden."

Schließlich hat er ein neues Golfspiel erfunden und er hat lange Golfschläger erfunden. Die Golfschläger sind drei Meter lang. Er hat auch einen neuen Golfball erfunden. Der Golfball pfeift, wenn man ihn stark schlägt. Er spielt sehr gut mit den neuen Golfschlägern und seine Knie tun nicht mehr weh. Tiger denkt: „Erfinden macht Spaß."

Tiger spielt dann auf Golfplätzen überall in der Welt. Er hat viele Fans. Sie lieben Tiger nicht nur, weil er so gut spielt, **sondern auch,** weil er ein neues Golfspiel erfunden hat.

Aber er **vergisst nicht** die Frau. Er weiß, dass er ohne sie nie ein neues Golfspiel erfunden hätte. Er ist dankbar und gibt ihr $1.000.000. Sie ist sehr dankbar und sagt: „Danke. Das ist sehr großzügig von Ihnen. Eines Tages hoffe ich, auch etwas zu erfinden."

English meaning of words in bold type

die Brieftasche = wallet
die Autoschlüssel = the car keys
der Kofferraum = the trunk
der Koffer = the suitcase
der Schlüssel = the key
das Tournier = the tournament
leider = unfortunately
benutzt = uses

das Patentamt = the patent office
meldet ein Patent an = applies for a patent
der Arzt = the doctor
sondern auch = but also
vergisst nicht = doesn't forget

Beantworte die folgenden Fragen.

1. Was hat Tiger Woods verloren?
2. Wie fährt er zum Golfplatz?
3. Was hat Tiger zuerst erfunden?
4. Warum muss Tiger aufhören, mit kleinen Golfschlägern zu spielen?
5. Wie viel Geld hat Tiger der Frau gegeben?
6. Was hat die Frau verloren?
7. Hast du einmal etwas verloren? Was hast du verloren?

Geschichte 13-1

Target words and phrases
hat…verloren = lost
ist zum Schalter gegangen = went to the counter (at an airport, train station, post office or bank)
hat…gesehen = saw

Der verlorene Koffer

(conversational past/Perfekt)

Eine Frau war im Urlaub. Nach zwei Wochen ist sie nach Hause geflogen. Das Flugzeug ist gelandet und sie ist ausgestiegen. Sie hat ein Taxi angerufen und ist mit dem Taxi nach Hause gefahren. Aber es gab ein Problem. Sie hat einen Koffer verloren.

Sie hat gedacht, dass sie den Koffer beim Flughafen verloren hatte, also ist sie zum Flughafen gefahren und ist zum Schalter gegangen. Sie ist mit **Lufthansa** geflogen, aber sie hat einen Fehler gemacht. Sie ist nicht zum Lufthansa-Schalter gegangen. Sie ist zum Northwest-Airlines-Schalter gegangen.

Die Person, die hinter dem Schalter war, hat gefragt: „Welche Farbe hatte der Koffer?

Die Frau hat geantwortet: „Er war ein großer, roter Koffer."

Die Person, die hinter dem Schalter war, hat gesagt: „Wir haben keinen roten Koffer gesehen."

Die Frau hat gesagt: „Das ist **unmöglich**."

Die Person, die hinter dem Schalter war, hat gefragt: „Kann ich Ihren Flugschein sehen?" Die Person, die hinter dem Schalter war, hat den Flugschein angeschaut und hat gesagt:

„Kein Wunder, dass wir keinen roten Koffer gesehen haben; Sie sind mit Lufthansa geflogen."

Die Frau ist zum Lufthansa-Schalter gegangen und hat die Person, die hinter dem Schalter war, gefragt: „Haben sie einen großen, roten Koffer gesehen?"

Die Person, die hinter dem Schalter war, hat gesagt: „Nein, ich habe keinen großen, roten Koffer gesehen. Vielleicht sollten Sie zur **Gepäckausgabe** gehen?"

Bei der Gepäckausgabe hat sie viele Leute gefragt: „Haben Sie einen großen, roten Koffer gesehen?"

Alle haben gesagt: „Nein, ich habe keinen roten Koffer gesehen."

Schließlich hat die Frau gedacht: „**Du meine Güte!** Ich habe einen Koffer verloren. "

Aber dann hat die Frau einen Mann mit einem groβen, roten Koffer gesehen. Sie ist zu ihm gelaufen und hat gerufen: „Das ist mein Koffer!"

Er hat gesagt: „Nein, das ist mein Koffer," und ist weggelaufen.

Die Frau ist schneller gelaufen. Sie hat gerufen: „Dieb, Dieb!"

Die Frau ist auf den Mann gesprungen und hat ihn mit ihrer Handtasche geschlagen. „Hilfe! Hilfe!" hat der Mann geschrieen. Glücklicherweise hat ein Polizist den Mann gerettet.

Der Polizist hat die Frau gefragt: „Was war in dem Koffer?"

Sie hat gesagt: „Meine Kleider waren in dem Koffer.“

Der Polizist hat den Mann gefragt: „Was war in dem Koffer?“

Er hat geantwortet: „Meine Kleider waren in dem Koffer.“

Der Polizist hat den Koffer aufgemacht und es war nur Männerkleidung im Koffer. Die Frau ist rot geworden. **Gerade** dann **ist** die Person, die hinter dem Lufthansa-Schalter war, **vorbeigekommen** und hat zu der Frau gesagt: „Wir haben Ihren Koffer gefunden. **Sie haben** den Koffer in Frankfurt **vergessen**. Er wird morgen ankommen.“

English meaning of words in bold type

Lufthansa = German airline company
die Person, die ... war = the person, who was ...
unmöglich = impossible
die Gepäckausgabe = the baggage claim
Du meine Güte! = Oh my goodness!
gerade = just
ist…vorbeigekommen = came by
vorbeikommen = to come by
Sie haben…vergessen (formal singular) = You forgot …

Beantworte die Folgenden Fragen.

1. Was hat die Frau gedacht, dass sie verloren hat?
2. Wen hat die Frau mit ihrer Handtasche geschlagen?
3. Wen hat der Polizist gerettet?
4. Hast du oder haben deine Eltern einen Koffer einmal verloren, als ihr in Urlaub geflogen seid?
5. Verlieren Fluggesellschaften (airline companies) oft Koffer?

Geschichte 13 – 2

Target words and phrases

ging zum Schalter = went to the counter (at an airport, train station, post office or bank)

sah = saw

der Koffer = the suitcase

Der verlorene Koffer

(same story as 13-1, narrative past/Imperfekt)

Eine Frau war auf Urlaub. Nach zwei Wochen flog sie nach Hause. Das Flugzeug landete und sie stieg aus. Sie rief ein Taxi an und fuhr mit dem Taxi nach Hause. Aber es gab ein Problem. Sie hatte einen Koffer verloren.

Sie dachte, dass sie den Koffer beim Flughafen verloren hatte, also fuhr sie zum Flughafen und ging zum Schalter. Sie war mit **Lufthansa** geflogen, aber sie machte einen Fehler. Sie ging nicht zum Lufthansa-Schalter. Sie ging zum Northwest-Airlines-Schalter.

Die Person, die hinter dem Schalter war, fragte: „Welche Farbe hatte der Koffer?"

Die Frau antwortete: „Er war ein großer, roter Koffer."

Die Person, die hinter dem Schalter war, sagte: „Wir haben keinen roten Koffer gesehen."

Die Frau sagte: „Das ist **unmöglich**."

Die Person, die hinter dem Schalter war, fragte: „Kann ich Ihren Flugschein sehen?" Die Person, die hinter dem Schalter war, schaute den Flugschein an und sagte: „Kein Wunder, dass wir keinen roten Koffer gesehen haben; Sie sind mit Lufthansa geflogen."

Die Frau ging zum Lufthansa-Schalter und fragte die Person, die hinter dem Schalter war: „Haben Sie einen großen, roten Koffer gesehen?“

Die Person, die hinter dem Schalter war, sagte: „Nein ich habe keinen großen, roten Koffer gesehen. Vielleicht sollten Sie zur **Gepäckausgabe** gehen?“

Bei der Gepäckausgabe fragte sie viele Leute: „Haben Sie einen großen, roten Koffer gesehen?“

Alle sagten: „Nein, ich habe keinen roten Koffer gesehen.“ Schließlich dachte die Frau: „**Du meine Güte!** Ich habe wieder einen Koffer verloren.“

Aber dann sah die Frau einen Mann mit einem großen, roten Koffer. Sie lief zu ihm und rief: „Das ist mein Koffer!“

Er sagte: „Nein, das ist mein Koffer“, und lief weg. Die Frau lief aber schneller. Sie rief: „Dieb, Dieb!“

Die Frau sprang auf den Mann und schlug ihn mit ihrer Handtasche. „Hilfe! Hilfe!“ schrie der Mann. Glücklicherweise rettete ein Polizist den Mann.

Der Polizist fragte sie: „Was war in dem Koffer?“

Sie sagte: „Meine Kleider waren in dem Koffer.“

Der Polizist fragte den Mann: „Was war in dem Koffer?“

Er antwortete: „Meine Kleider waren in dem Koffer.“

Der Polizist machte den Koffer auf und es war nur Männerkleidung im Koffer. Die Frau wurde rot. **Gerade** dann

kam die Person, die hinter dem Lufthansa Schalter war, **vorbei** und sagte zu der Frau: „Wir haben Ihren Koffer gefunden. **Sie haben** den Koffer in Frankfurt **vergessen**. Er wird morgen ankommen."

English meaning of words in bold type

Lufthansa = German airline company
die Person, die ... war = the person, who was...
unmöglich = impossible
die Gepäckausgabe = the baggage claim
Du meine Güte! = Oh my goodness!
gerade = just
kam…vorbei = came by vorbeikommen = to come by
Sie haben…vergessen = You forgot…

Beantworte die Folgenden Fragen.

1. Was dachte die Frau, dass sie verloren hatte?
2. Wen schlug die Frau mit ihrer Handtasche?
3. Wen rettete der Polizist?
4. Hast du, oder haben deine Eltern schon einmal einen Koffer verloren?
5. Verlieren Fluggesellschaften (airline companies) oft Koffer?

Geschichte 14

Target words and phrases

mit Höchstgeschwindigkeit = at top speed
die Spende = the donation
die Spenden = the donations

Spenden machen Spaß

Rolf hält ein **Plakat** in der Hand. Auf dem Plakat ist geschrieben: „Spenden bitte." Er steht bei einem **Fluss**. Neben dem Fluss ist eine Straße. Er steht aber nicht neben der Straße; er steht neben dem **Fluss**. Viele Autos fahren mit Höchstgeschwindigkeit vorbei. Die Fahrer lachen ihn aus. Manche machen die Autofenster auf und schreien: „Keine Spenden für doofe Leute."

Plötzlich kommen 1003 **Rennboote**. Sie fahren mit Höchstgeschwindigkeit. Achtundneunzig (98) **Rennboote** halten an. Die Rennbootfahrer sind alle junge, blonde Frauen aus der Schweiz. Sie denken, dass Rolf nett ist. Jede Rennbootfahrerin spendet $1000. Rolf nimmt das Geld und fährt mit Höchstgeschwindigkeit zu einem **Schmuckladen**. Er geht zur **Theke** im **Schmuckladen** und sagt: „Ich brauche etwas für meine Freundin. Ich werde sie heiraten."

Die Frau, die hinter der **Theke** ist, bietet ihm einen großen Diamantenring an. Der Ring kostet $10.000. Rolf sagt: „Sie ist nicht so eine gute Freundin." Er kauft einen $100-Ring.

Er fährt dann zu einem Autohaus (car dealer) und kauft sich einen Porsche. Die Verkäuferin ist sehr schön und er gibt ihr den Ring. Sie gibt ihm ihre Telefonnummer und küsst ihn. Er fährt dann mit Höchstgeschwindigkeit zum Haus seiner

Freundin und sagt: „Ich habe dir einen sehr teuren Diamantenring gekauft, aber ich habe ihn verloren."

Sie sagt: „Kein Problem. Ich weiβ, dass du mich liebst. Ich helfe dir, einen anderen Ring zu kaufen. Ich bezahle."

Er lächelt und sagt: „Du bist so nett und groβzügig."

Rolf und seine Freundin fahren mit Höchstgeschwindigkeit zu einem Golfplatz. Sie tragen Golftaschen und wollen Golf spielen. Aber es gibt ein Problem; die Porscheverkäuferin ist dort und läuft zu Rolf und küsst ihn. Sie sagt: „Ich mag den Ring sehr." Und sie zeigt Rolfs Freundin den Ring.

Seine Freundin ist **wütend**. Sie nimmt die Golftasche und steckt die Golftasche auf seinen Kopf. Rolf wird **bewusstlos.** Er **träumt,** während er **bewusstlos** ist. Er träumt, dass er mit einer blonden Schweizerin im Urlaub ist. Sie fahren in einem Rennboot mit Höchstgeschwindigkeit von Los Angeles nach San Francisco. Er fällt aus dem Boot und kann nicht schwimmen. Schlieβlich rettet ihn die Frau. Er ertrinkt nicht. Sie zieht ihn aus dem Wasser, legt ihn in das Boot und küsst ihn. Sie sagt zu ihm: „Ich kann nicht ohne dich leben."

Er denkt: „Ich muss im Himmel (heaven) sein."

Plötzlich schlägt die blonde Schweizerin ihn mit einer Golftasche auf den Kopf. Aber dann wacht er auf und seine Freundin schlägt ihn mit der Golftasche. Er denkt: „Ich dachte, ich war im Himmel, aber ich bin in der Hölle (hell)." Er **betet** zu Gott: „Hilf mir und ich werde nie mehr böse sein."

Plötzlich kommt ein **Blitzschlag**. Seine Freundin und die Verkäuferin laufen weg. Er ist allein. Er ist dankbar. Er sagt: „Es gibt einen Gott. Ich werde nie mehr böse sein.“

Rolf geht dann zu einer Kneipe. Hinter der **Theke** steht eine junge Frau. Sie ist nicht schön, aber sie hat eine gute Figur. Er denkt: „Ich mag sie nicht, aber ich kann mit ihr Spaβ haben.“ Er sagt zu ihr: „Ich habe nur noch einen Monat zu leben. Meine Freundin ist gestorben (died) und ich bin sehr einsam (lonely).“

Die Frau, die hinter der **Theke** ist, hat Tränen (tears) in den Augen. Sie sagt: „Es tut mir Leid. Du armer Mann. Vielleicht kann ich deine Freundin sein.“ Er lächelt ein böses Lächeln.

Plötzlich gibt es einen riesigen (giant) **Blitzschlag** und es ist dunkel in der Kneipe. Der Mann **kniet sich schnell hin** und sagt zu der jungen Frau: „Entschuldigung. Ich muss wieder mit Gott sprechen.“

English meaning of words in bold type

das Plakat = the sign, poster
der Fluss = the river
die Rennboote = the speed boats
der Schmuckladen = jewelry store
die Theke = the counter (in a store), or in a pub it is a bar
wütend = furious
bewusstlos = unconcious
träumt = dreams
betet = prays
der Blitzschlag = the lightning stroke
kniet sich schnell hin = kneels quickly

Beantworte die folgenden Fragen.

1. Ist der Mann neben einer Straße oder neben einem Fluss gestanden?
2. Wer ist in der Geschichte mit Höchstgeschwindigkeit gefahren?
3. Ist es weise (wise), mit Höchstgeschwindigkeit zu fahren?
4. Wer hat dem Mann Spenden gegeben?
5. Was hat er mit dem Geld gemacht?
6. Wem hat er den Ring gegeben?
7. Warum ist seine Freundin wütend (furious) geworden?

Geschichte 15

Target words and phrases

die Spenden = the donations
die Spende = the donation
das Rennboot = the speed boat
mit Höchstgeschwindigkeit = at top speed
in der Mitte des Sees = in the middle of the sea
das Kreuzfahrtschiff = the cruise ship
das Schiff = the ship
bemerkt = notices
merkt = notices
die Putzfrau = cleaning lady
der Koffer = the suitcase

Die Putzfrau

Eine Putzfrau putzt ein Haus in Miami. Die Putzfrau putzt das Schlafzimmer. Die Putzfrau merkt, dass ein **Dollarschein in** der **Matratze** steckt. Sie zieht an dem Dollarschein. Dann bemerkt sie einen anderen Dollarschein. Sie zieht den anderen Dollarschein aus der Matratze. Dann bemerkt sie noch mehr Dollarscheine. Zuerst gibt es nur Dollarscheine. Dann merkt sie, dass es **$100-Scheine** gibt. Dann merkt sie, dass es $1000-Scheine gibt. Sie ist reich. Sie ist glücklich. **Insgesamt** hat sie $5.000.000.

Plötzlich kommt ein schwarzes Auto. Die Männer, die im Auto fahren, sind mit der Mafia. Die Putzfrau hat das Geld in ihrer großen Handtasche. Sie hat Angst. Sie muss das Geld verstecken (hide). Sie **versteckt sich** mit dem Geld in einem groβen Koffer. Die Männer nehmen den Koffer mit und steigen in ein Kreuzfahrtschiff ein. Der Koffer ist auf dem Schiff. Die

Frau macht den Koffer auf und merkt, dass sie in der Mitte eines groβen Sees sind. Das Kreuzfahrtschiff fährt mit Höchstgeschwindigkeit.

Der Papst (the pope) ist auch auf dem Kreuzfahrtschiff. Er bittet alle Passagiere um Spenden für die Armen. Die Frau gibt dem Papst fast $4.000.000. Jetzt hat sie nur $1.000.000. **Insgesamt** hat der Papst $6.000.000 in Spenden bekommen. Die Mafiamänner merken, dass die Frau dem Papst sehr viel Geld gegeben hat. Dann erkennen (recognize) sie die Putzfrau. Sie planen, sie zu **töten**. Die Frau merkt, dass die Mafiamänner sie erkannt haben (recognized).

Sie bezahlt dem Kapitän $1.000.000 und er gibt ihr ein Rennboot, das auf dem Kreuzfahrtschiff war. Es ist ein sehr schnelles Rennboot. Sie fährt mit Höchstgeschwindigkeit weg.

Die Mafiamänner merken nicht, dass sie weg ist. Sie fährt mit Höchstgeschwindigkeit von der Mitte des Sees nach Miami. Die Frau kommt in Miami an und hat kein Geld, sie ist aber glücklich.

Sie arbeitet für einen reichen Mann als Putzfrau. Eines Tages putzt sie das Schlafzimmer und bemerkt viele **Juwelen** auf dem Nachttisch (night stand). Sie stiehlt die Juwelen nicht. Sie putzt weiter und singt. Sie ist arm, aber sie ist glücklich.

English meaning of words in bold type
der Dollarschein = the dollar bill
die Matratze = the mattress
$100-Scheine = hundred dollar bills
insgesamt = all together
versteckt sich = hides (herself)
töten = to kill
die Juwelen = the jewels

Beantworte die folgenden Fragen.

1. Was findet die Putzfrau in der Matratze?
2. Wo versteckt sich (hides) die Putzfrau?
3. Wer bittet auf dem Kreuzfahrtschiff um Spenden?
4. Was fährt mit Höchstgeschwindigkeit?
5. Wo verlässt (departs) die Putzfrau das Kreuzfahrtschiff?
6. Wohin fährt sie mit Höchstgeschwindigkeit?

Geschichte 16

Target words and phrases

Er will eine Reise machen. = He wants to take a trip.
steckt = puts (puts into)
der Koffer = the suitcase
fliegt …ab = takes off
Er geht an den Strand. = He walks to the beach. (accusative case, hence „**den** Strand")

Hans will eine Reise machen

Hans will eine Reise machen. Er will nach Brasilien reisen. Er will nicht allein reisen, aber er will keine normale Reise machen. Er will mit keinem Menschen reisen. Er will mit seinem **Haustier** reisen. Aber er hat kein normales Haustier. Sein Haustier ist eine Kuh. Er will eine Reise mit seiner Kuh machen, weil er seine Kuh liebt.

Seine Kuh ist keine normale Kuh. Die Kuh ist eine **Zwergkuh**. Die Kuh ist so groß wie ein kleiner Hund. Er fragt sich: „Wie kann ich mit der Kuh eine Reise machen?" Er **entscheidet sich,** die Kuh in seinen großen Koffer zu stecken. Er macht **Löcher** in den großen Koffer, so dass die Kuh **Luft** bekommt. Er steckt seine Reiseklamotten in seinen Koffer und in die Mitte des Koffers steckt er die kleine Kuh.

Er kauft einen Flugschein per Internet und fährt zum Flughafen. Die kleine Kuh hat aber Angst und sagt: „Muh, muh, muh!" Hans **entscheidet sich,** die Kuh in seinen kleinen Koffer zu stecken. Er nimmt den kleinen Koffer mit sich ins Flugzeug. Der kleine Koffer ist Handgepäck (carry-on baggage).

Das Flugzeug fliegt ab. Die Kuh steckt ihren Kopf aus dem kleinen Koffer und schaut aus dem **Fenster.** Die Kuh denkt: „Es ist toll, wenn Kühe fliegen."

Hans ist ins falsche Flugzeug eingestiegen. Leider fliegt Hans mit dem falschen Flugzeug ab und sein großer Koffer fliegt mit dem richtigen Flugzeug ab. Das Flugzeug, in dem er abgeflogen ist, fliegt nach Mumbai, Indien. Während des Fluges denkt er oft: „Es wird Spaß machen, an den Strand zu gehen. Es wird Spaß machen, mit meiner Kuh an den Strand zu gehen."

Als er merkt, dass er mit dem falschen Flugzeug **abgeflogen ist**, denkt er: „Du meine Güte! Ich bin mit dem falschen Flugzeug **abgeflogen**. Was soll ich tun? Mein großer Koffer **ist** mit dem richtigen Flugzeug **abgeflogen**. Meine Reiseklamotten und mein Geld sind mit dem großen Koffer **abgeflogen**."

Die Stewardess (auch – Flugbegleiterin) kommt vorbei und sieht die kleine Kuh. Hans denkt, dass sie ihm Probleme machen wird, aber sie lächelt. Die Stewardess geht zum Piloten und erzählt ihm von der kleinen, süßen Kuh.

Nach vielen Stunden landet das Flugzeug. Eine große Band und Tausende von Hindus sind am Flughafen. Alle wollen die kleine Kuh sehen. Hans ist der Gast des **Bürgermeisters** und viele Leute geben ihm Spenden. **Insgesamt** bekommt er $3.000.000 in Spenden.

Nach zwei Wochen Urlaub fliegt Hans wieder nach Hause. Aber als er abfliegt, sitzt die kleine Kuh neben ihm. Sie muss diesmal nicht ihren Kopf aus dem Koffer stecken. Sie hat ihren eigenen Sitz neben dem **Fenster**. Die Kuh **lebt wie eine Königin für den Rest ihres Lebens**. Während des Fluges denkt Hans: „Ich bin nie an einen Strand gegangen, aber es war ein toller Urlaub."

English meaning of words in bold type

das Haustier = the pet
die Zwergkuh = pygmy cow   der Zwerg = the dwarf
entscheidet sich = decides
die Löcher = the holes   das Loch = the hole
die Luft = the air
das Fenster = the window
ist…abgeflogen = took off
der Bürgermeister = the mayor
insgesamt = all together
lebt wie eine Königin für den Rest ihres Lebens = lives like a queen for the rest of her life

Beantworte die folgenden Fragen.

1. Wohin will Hans eine Reise machen?
2. Wohin steckt er die kleine Kuh?
3. Fliegt er im richtigen Flugzeug ab?
4. Wie lange ist er im Urlaub?
5. Geht er in Indien an den Strand?

Geschichte 17

Target words and phrases

Er will eine Reise machen. = He wants to take a trip.
der Koffer = the suitcase
fliegt …ab = takes off
Er geht am Strand entlang. = He walks along the beach.
geht am Strand = walks on the beach
begeistert = excited

Mallorca

Es ist Januar. Wolfhard wohnt in **Rostock**. Rostock ist kalt im Winter und er will eine Reise machen. Er will eine Reise nach Spanien machen. Er will eine Reise nach Mallorca machen. Er denkt: „Wenn ich in Mallorca bin, wird es warm sein und ich werde Spanisch lernen.“ Als er seinen Urlaub plant, ist er ganz begeistert. Er ist sehr begeistert, weil er noch nie in Mallorca im Urlaub war.

Er kauft zwei Flugscheine, einen für sich und einen für seine Frau Wiebke. Am Morgen des Fluges packen er und seine Frau vier Koffer. Ihre Tochter Monika fährt sie nach Berlin. Von Berlin fliegen sie direkt nach Mallorca. Das Flugzeug fliegt ab und beide sind sehr begeistert.

Nach zwei Stunden landet das Flugzeug in Mallorca. Die Sonne scheint und es ist schön warm. Wolfhard und Wiebke fahren zu ihrem Hotel und gehen zu ihrem Zimmer. Das Hotel ist wunderbar, aber alle Leute im Hotel sprechen Deutsch.

Sie gehen an den Strand und sie sind ganz begeistert. Die Sonne scheint, es ist warm, und sie werden Spanisch lernen. Sie gehen am Strand entlang und sie sprechen mit einem alten Ehepaar. Das Ehepaar ist aber Deutsch. Sie gehen wieder am Strand entlang und sie sprechen mit Leuten am Strand. Die Leute sind auch Deutsche.

Wolfhard und Wiebke gehen zwei Stunden am Strand entlang. Jeder, den sie treffen, ist Deutscher. Wolfhard ist nicht begeistert. Er denkt, dies ist wie Deutschland, nur die Sonne scheint und es ist warm.

Schließlich gehen sie zurück zum Hotel. Sie gehen ins Restaurant und der Kellner kommt. Der Kellner ist Spanier, aber er spricht Deutsch mit ihnen. Wolfhard ist nicht begeistert. Er ist **enttäuscht**. Er fragt den Kellner: „Ich will Spanisch lernen. Ich dachte, weil Mallorca eine spanische Insel ist, spricht man Spanisch in Mallorca." Der Kellner lacht und sagt: „Es gibt so viele Deutsche, die nach Mallorca in Urlaub gehen, dass wir alle Deutsch sprechen. Im Winter ist Mallorca das siebzehnte **Bundesland** Deutschlands."

English meaning of words in bold type

Mallorca = an island off the coast of Spain. It is a favorite tourist destination for Germans.
Rostock = a city in Germany on the Baltic Sea Coast (die Ostsee). It is in the Bundesland (State) of Mecklenburg-Vorpommern, located in the former East Germany.
enttäuscht = disappointed
das Bundesland = state

Germany has 16 Bundesländer or states.

Beantworte die folgenden Fragen.

1. Was will Wolfhard in Mallorca lernen?
2. Wer macht die Reise nach Mallorca?
3. Welche Sprache muss Wolfhard in Mallorca sprechen?
4. In welchem Bundesland ist Rostock?

Geschichte 18

No target words or phrases
previous target words are used

Ignorieren macht Spaβ

Hans ist in der Schule und kommt von der Toilette zurück. Er merkt nicht, dass ein Stück Toilettenpapier an seiner Hose hängt. Den ganzen Tag **lächeln** ihn alle Schüler **an**. Niemand sagt ihm etwas von dem Toilettenpapier. Seine Freunde ignorieren das Toilettenpapier und sagen ihm nichts.

Endlich geht er nach Hause. Da **entdeckt** er das Toilettenpapier. Er ist sauer. Er ist böse auf seine Freunde.

Am nächsten Tag redet Hans mit seinem guten Freund Rolf. Sie reden ein bisschen. Dann sagen sie: „Tschüss", drehen sich um und gehen weg. Als Rolf sich umdreht und weggeht, steckt Hans ein langes Stück Toilettenpapier unter Rolfs **Gürtel**. Den ganzen Tag geht Rolf herum und das Toilettenpapier hängt aus seiner Hose. Alle Schüler ignorieren das Toilettenpapier und sagen ihm nichts. Sie sagen nichts, aber sie **lächeln** ihn immer **an**. Am Abend zieht sich Rolf aus. Da **entdeckt** er das Toilettenpapier. Er ist sauer. Am nächsten

Tag kommt Rolf zur Schule und denkt: „Heute werde ich Spaβ haben."

Rolf hat ein langes Stück Toilettenpapier in der Hand und wartet auf den richtigen **Augenblick**. Endlich kommt der richtige **Augenblick**. Er sieht, dass Hans mit einem Mädchen spricht. Rolf geht langsam zu Hans und will das Papier unter Hans' Gürtel stecken. Plötzlich geht das Licht aus. Es ist dunkel. Es gibt einen **Stromausfall**. Es ist ganz dunkel in der Schule. Er denkt: „Hurra! Jetzt kann ich schnell zu ihm gehen und das Toilettenpapier unter seinen **Gürtel** stecken."

Rolf steckt das Papier unter einen **Gürtel**. Plötzlich geht das Licht wieder an. Aber Hans steht nicht vor Rolf. **Der Schuldirektor** steht vor ihm. Er hat das Toilettenpapier unter den **Gürtel** des Schuldirektors gesteckt. Der Schuldirektor schaut ihn sehr böse an.

Rolf nimmt das Toilettenpapier schnell vom Gürtel des Schuldirektors und sagt: „Entschuldigung. Ich **habe** mein Kleenex® (deutsche Version: Tempo) **verlegt**. Ich muss **meine Nase putzen**." Er putzt seine Nase sehr laut und sagt: „Danke." Der Schuldirektor schaut ihn noch immer böse an. Rolf **schwitzt** und seine Knie **zittern**. Der Direktor schaut ihn immer noch böse an. Endlich lacht der Direktor und geht weg. Rolf **schwitzt immer noch**.

English meaning of words in bold type

lächeln…an = smile at anlächeln = to smile at
entdeckt = discovers
der Gürtel = the belt
der Augenblick = the moment
der Stromausfall = power outage
der Schuldirektor = school principal
ich habe…verlegt = I misplaced verlegen = to misplace

meine Nase putzen = blow my nose
schwitzt = sweats
zittern = quiver, tremble, shake
immer noch = still

Beantworte die folgenden Fragen.

1. Was hat Hans entdeckt?
2. Warum haben die Schüler Hans angelächelt?
3. Wohin hat Hans das Toilettenpapier gesteckt?
4. Hat Rolf einen großen Fehler gemacht?
5. Was war Rolfs Fehler?
6. Wer hat Rolf böse angeschaut?

Geschichte 19

Target words and phrases
sie ignorieren = they ignore
will ignorieren = wants to ignore
entdeckt = discovers
sie hat…vergessen = she forgot
Pfui! = Ugh!, Disgusting!

Die Frau will nicht arbeiten

Frau Müller lebt in Chicago und **fährt gerade zur Arbeit**. Sie will nicht arbeiten. Sie will eine Urlaubsreise machen. Während sie im **Stau** wartet, ruft ihre Chefin an. Frau Müller will das **Klingeln** ignorieren, aber sie kann es nicht ignorieren. Sie nimmt ihr Handy und antwortet: „Müller." Ihre Chefin sagt: „Es tut mir Leid, aber Sie müssen eine **Geschäftsreise** machen. Ich habe schon den Flugschein gekauft. Das Flugzeug fliegt um 19 Uhr nach Oakland ab."

Frau Müller mag Oakland, Kalifornien nicht und will keine Reise nach Oakland machen. Frau Müller will ihre Chefin ignorieren. Aber sie fährt nach Hause und packt ihren Koffer. Während sie zum Flughafen fährt, denkt sie: „Ich will eine Reise machen. Ich will an einen Strand fahren, **anstatt** zum Flughafen. Ich will dann vom Hotel an den Strand gehen. Und dann will ich am Strand entlang gehen. Und dann will ich am Strand in der Sonne liegen und **braun werden**."

Leider muss Frau Müller zum Flughafen fahren. Sie geht zum Schalter, aber der Flug ist **verspätet**. Sie sitzt im Flughafen und schläft ein. Sie wacht auf und steigt in ein Flugzeug ein. Das Flugzeug fliegt ab. Sie denkt, das Flugzeug fliegt nach Oakland. Leider hat sie ihr Handgepäck (carry on baggage) vergessen. Sie hat nicht **gleich** entdeckt, dass sie ihr Handgepäck vergessen hat.

Einige Stunden später denkt die Frau: „Mensch, dieser Flug ist lang." Dann entdeckt sie, dass sie das Handgepäck im Flughafen vergessen hat. Sie redet mit der Stewardess (**Flugbegleiterin**) und erzählt ihr, dass sie ihr Handgepäck vergessen hat. Sie fragt dann: „Wann kommen wir in Oakland an?"

Die Stewardess antwortet: „Wir kommen in Auckland, Neuseeland in zwölf Stunden an."

Frau Müller weiß jetzt, dass sie einen Fehler gemacht hat. Sie ist in das falsche Flugzeug eingestiegen. Sie ist ganz begeistert. Sie denkt: „Ich werde in Urlaub gehen. Ich werde am Strand liegen und braun werden."

Als die Frau bei der **Gepäcksausgabe** wartet, entdeckt sie, dass sie keinen Koffer hat. Sie hat jetzt kein Geld und kann nicht an den Strand gehen. Sie entscheidet sich, vor dem Flughafen zu stehen und um Spenden zu bitten. Viele Leute ignorieren sie. Glücklicherweise geben manche Leute ihr eine Spende. Schließlich bekommt sie genug Geld für ein Hotelzimmer und sie kann auch an den Strand gehen.

Sie geht an den Strand. Sie denkt: „Ich kann einen neuen Badeanzug am Strand kaufen." Aber am Strand gibt es keinen Badeanzugladen. Dann entdeckt sie, warum es keinen Badeanzugladen am Strand gibt. Es ist ein **FKK-Strand**. Sie sieht viele Leute am Strand liegen. Sie kann es **kaum** glauben. Dann sieht sie einen alten Mann mit einem großen Bierbauch und sagt: „Pfui!"

Schließlich findet sie einen anderen Strand, wo alle Badeanzüge tragen. Sie ist glücklich, kauft einen schönen Badeanzug und hat einen schönen Urlaub.

English meaning of words in bold type

fährt gerade* zur Arbeit = is driving to work
der Stau = the traffic jam
klingeln = to ring
die Geschäftsreise = business trip

anstatt = instead
braun werden = get a tan
verspätet = late, tardy
gleich = right away, immediately
einige = a few
die Flugbegleiterin = the stewardess
die Gepäcksausgabe = baggage claim
FKK-Strand = nude beach
kaum = barely

* The word 'gerade' does not need to be translated. Someone fluent in German would just say it this way. 'Gerade' has several meanings. In this case it has the meaning „just now." But that meaning is contained in the English translation „is driving to work. "

Geschichte 20

Target words and phrases
ohne = without
riecht nach = smells of

Die Frau und ihr Hund

Eine alte Frau hat einen kleinen Hund. Sie geht überall mit ihrem Hund hin. Sie **geht nirgendwohin** ohne ihren Hund, weil sie ohne ihren Hund unglücklich ist. Sie will nach Deutschland reisen, aber sie hat nicht genug Geld, um einen Flugschein für den Hund zu kaufen. Sie kauft einen Flugschein bei dem Reisebüro (travel agency) und fährt zum Flughafen. Sie steckt den Hund in ihren Koffer. Sie steigt in das Flugzeug ein und sie fliegt ab.

Aber es gibt ein Problem. Der Flug ist sehr lang und der Hund pinkelt in den Koffer. Die Frau kommt in Frankfurt an und geht zur Passkontrolle (passport inspection). Sie macht den Koffer auf. Während der Zollbeamte (customs officer) wegschaut, nimmt sie schnell ihren Hund aus dem Koffer und steckt ihn in ihre Handtasche. Der Zollbeamte sagt: "Pfui! Ihr Koffer riecht nach Urin" und er **durchsucht** ihre Kleider. Die Kleider sind nass. Er fragt sie: „Warum sind ihre Kleider nass? Und warum riechen sie nach Urin?"

Die alte Frau sagt: „Ich habe mein Parfüm verschüttet (spilled). Ich **gehe nirgendwohin** ohne mein Parfüm."

Der Zollbeamte fragt sich: „Ihr Parfüm riecht nach Hundeurin?" Weil er nichts Illegales findet, sagt er endlich: „OK. Sie können gehen." Als die Frau mit ihrem Koffer weggeht, sagt er: „Sie sollten wirklich (really) ein anderes Parfüm kaufen."

Die Frau fährt dann mit dem Zug an die Ostsee. Während der Fahrt trinkt ihr Hund viel Wasser. Sie steckt den Hund in ihre Handtasche. Der Zugbegleiter (conductor) kommt vorbei. Die alte Frau macht die Handtasche auf und nimmt die Bahnfahrkarte (train ticket) heraus. Sie gibt dem Zugbegleiter die Bahnfahrkarte. Die Bahnfahrkarte ist aber nass, weil der Hund in die Handtasche gepinkelt hat. Der Zugbegleiter findet es sehr komisch, dass die Bahnfahrkarte nass ist. Die Bahnfahrkarte riecht nach Urin. Schließlich fragt er: „Warum ist ihre Bahnfahrkarte nass?“

Die alte Frau sagt: „Es tut mir leid, aber ich habe meinen Tee verschüttet. Ich **gehe nirgendwohin** ohne Tee.“

Als er weggeht sagt er: „ Sie **sollten** einen besseren Tee kaufen.“ Die alte Frau ignoriert die Bemerkung (remark).

Die Frau kommt an der Ostsee an und fährt zu einem Hotel, das am Strand ist. Sie merkt, dass alle ihre Kleider nach Urin riechen. Sie riecht ihren Badeanzug. Ihr Badeanzug riecht auch nach Urin. Sie denkt: „Was soll ich tun? Ich kann nicht nach Urin riechen.“ Sie geht zum Fenster und entdeckt einen Klamottenladen. Sie kauft einen Badeanzug und geht an den Strand. Glücklicherweise ist es kein FKK-Strand. Sie geht am Strand spazieren, legt sich hin und **lässt sich braun werden**. Ihr Hund ist mit ihr am Strand, denn sie **geht nirgendwohin** ohne ihren Hund.

English meaning of words in bold type

geht nirgendwohin = goes nowhere
('-hin' denotes motion; ergo, the accusative case).
durchsucht = searches through
sollten = should
lässt sich braun werden = gets a tan
braun werden lassen = to tan

Beantworte die Fragen auf Deutsch.

1. Warum reist die Frau mit ihrem Hund?

2. Was macht der Hund in dem Koffer und in ihrer Handtasche?
3. Glaubt der Zollbeamte (customs officer), dass die Frau gutes Parfüm hat?
4. Wie fährt die Frau zur Ostsee?
5. Was kauft sie in einem Klamottenladen?

Geschichte 21-1

Target words and phrases

merkt = notices
geht fischen/angeln = goes fishing
eine große Welle kommt = a big wave comes
trifft = strikes/hits

Wassernixenliebe

(present tense/Präsens)

Ein Mann geht fischen (or angeln). Er ist im Urlaub und er will angeln. Er steigt in ein Boot ein und fischt (or angelt). Ein starker Wind kommt und bläst drei Tage lang. Nach drei Tagen befindet er sich in der Mitte des Sees. Plötzlich kommt eine große Welle. **Oben auf** der großen Welle surft ein großer Fisch. Aber es ist kein Fisch. Es ist ein Killerwal. Ein Orka. Der Killerwal macht seinen großen Mund auf und frisst den Mann. **Der Mann befindet sich nun im Bauch des Killerwals.** Eine andere große Welle kommt, aber der Mann merkt es nicht, weil er im Bauch des Killerwals ist.

Der Mann ist sehr unglücklich. Er weiß, dass er sterben wird, weil er in dem Bauch des Killerwals ist. Aber eine **Wassernixe** sieht, dass der Killerwal den Mann frisst. Sie ist eine Navy-Seal-Wassernixe. Sie schwimmt dem Killerwal nach. Sie nimmt ein großes Messer aus ihrer **Wassernixenhandtasche**. Es ist ein spezielles (or **besonderes**") Unterwassermesser, das sehr scharf ist.

Aber der Killerwal schwimmt sehr schnell. Sie kann ihn

nicht fangen. Sie wirft das Messer auf den Killerwal und trifft seine Nase. Der Killerwal **erbricht sich** und der Mann ist im See. Die Nase des Killerwals tut weh, aber sie blutet nicht. Der Killerwal schwimmt schnell weg. Die Wassernixe hilft dem Mann zu seinem Boot. Er kriecht in das Boot. Der Mann sagt: „Danke, Sie haben mich gerettet." Der Mann merkt, wie schön die Wassernixe ist. Sie merkt, wie gut er aussieht. Sie springt in sein kleines Boot und umarmt ihn. Sie küssen sich. Er denkt: „Wassernixenliebe ist wunderbar."

Sie denkt: „Dieser Mann ist wunderbar."

Plötzlich kommt ein Kreuzfahrtschiff und fährt neben das kleine Boot. Eine große Welle kommt und trifft das kleine Boot. Das kleine Boot wird voll Wasser. Der Mann fällt ins Wasser, aber er kann nicht schwimmen. Die Wassernixe rettet ihn noch einmal. Die Wassernixe sagt zu dem Mann: „Ich mag keinen Mann, der nicht gut schwimmen kann. Du bist nicht der Mann für mich." Sie schwimmt weg. Der Mann ist sehr traurig.

Aber der Mann ist nicht sehr lange traurig. Seine **Angelrute** ist **immer noch** in dem Boot. Er fischt wieder. Er fischt gern. Er denkt: „Vielleicht fange ich einen sehr großen Fisch." Der Mann ist sehr glücklich. Er denkt: „Dieser Urlaub ist nicht langweilig. Dieser Urlaub macht Spaß."

English meaning of words in bold type

oben auf = up on
Der Mann befindet sich nun im Bauch des Killerwals.
= The man now finds himself in the belly of the killer whale.
die Wassernixe = the mermaid
die Wassernixenhandtasche = mermaid purse
besonderes = special
erbricht sich = vomits — Er kotzt. = He pukes. (in everyday language)
die Angelrute = the fishing pole
immer noch = still

Beantworte die folgenden Fragen.

1. Warum befindet sich der Mann in der Mitte des Sees?
2. Was macht der Killerwal mit dem Mann?
3. Wer rettet den Mann?
4. Warum kommt eine zweite große Welle?
5. Am Ende der Geschichte mag die Wassernixe den Mann nicht. Warum mag sie ihn nicht?
6. Bleibt er lange unglücklich?

Geschichte 21 – 2

Target words and phrases
hat…gemerkt = noticed
ist…fischen gegangen = went fishing
ist…angeln gegangen = went fishing
eine große Welle ist gekommen = a big wave came
hat…getroffen = struck, hit

Wassernixenliebe

(conversational past/Perfekt)

Ein Mann ist fischen (or angeln) gegangen. Er war im Urlaub und er **wollte** angeln. Er ist in ein Boot gestiegen und hat gefischt (or geangelt). Ein starker Wind ist gekommen und hat drei Tage lang geblasen. Nach drei Tagen hat er sich in der Mitte des Sees befunden. Plötzlich ist eine große Welle gekommen. **Oben auf** der großen Welle ist ein großer Fisch gesurft. Aber es war kein Fisch. Es war ein Killerwal. Ein Orka. Der Killerwal hat seinen großen Mund aufgemacht und hat den Mann gefressen. Der Mann hat sich im Bauch des Killerwals befunden. Eine andere große Welle ist gekommen, aber der Mann hat es nicht gemerkt, weil er im Bauch des Killerwals war. Der Mann war sehr unglücklich. Er **wusste**, dass er sterben wird, weil er in dem Bauch des Killerwals war. Aber eine **Wassernixe** hat gesehen, dass der Killerwal den Mann gefressen hat. Sie war eine Navy-Seal-Wassernixe. Sie ist dem Killerwal **nachgeschwommen.** Sie hat ein großes Messer aus ihrer Wassernixenhandtasche genommen. Es war ein spezielles Unterwassermesser, das sehr scharf war.

Aber der Killerwal ist sehr schnell geschwommen. Sie

konnte ihn nicht fangen. Sie hat das Messer auf den Killerwal geworfen und hat seine Nase getroffen. Der Killerwal **hat sich erbrochen** und der Mann war im See. Die Nase des Killerwals hat wehgetan, aber sie hat nicht geblutet. Der Killerwal ist schnell weggeschwommen. Die Wassernixe **hat** dem Mann zu seinem Boot **geholfen**. Er ist in das Boot gekrochen. Der Mann hat gesagt: „Danke, Sie haben mich gerettet." Der Mann hat gemerkt, wie schön die Wassernixe war. Sie hat gemerkt, wie gut er ausgesehen hat. Sie ist in sein kleines Boot gesprungen und hat ihn umarmt. Sie haben sich geküsst. Er hat gedacht: „Wassernixenliebe ist wunderbar."

Sie hat gedacht: „Dieser Mann ist wunderbar."

Plötzlich ist ein Kreuzfahrtschiff gekommen und ist neben das kleine Boot gefahren. Eine große Welle ist gekommen und hat das kleine Boot getroffen. Das kleine Boot wurde voll Wasser. Der Mann ist ins Wasser gefallen, aber er konnte nicht schwimmen. Die Wassernixe hat ihn noch einmal gerettet. Er ist wieder nicht ertrunken. Die Wassernixe hat zu dem Mann gesagt: „Ich mag keinen Mann, der nicht gut schwimmen kann. Du bist nicht der Mann für mich." Sie ist weggeschwommen. Der Mann war sehr traurig.

Aber der Mann war nicht sehr lange traurig. Seine **Angelrute** war **immer noch** in dem Boot. Er hat wieder gefischt. Er hat gern gefischt. Er hat gedacht: „Vielleicht fange ich einen sehr großen Fisch.“ Der Mann war sehr glücklich. Er hat gedacht: „Dieser Urlaub ist nicht langweilig. Dieser Urlaub macht Spaß.“

English meaning of words in bold type

wollte = wanted to
oben auf = up on
wusste = knew
die Wassernixe = the mermaid
ist…nachgeschwommen = swam after
hat sich erbrochen = vomited hat…gekotzt = puked (in everyday language)
hat…geholfen = helped
die Angelrute = the fishing pole
immer noch = still

Beantworte die folgenden Fragen.

1. Warum hat der Mann sich in der Mitte des Sees befunden?
2. Was hat der Killerwal mit dem Mann gemacht?
3. Wer hat den Mann gerettet?
4. Warum ist eine zweite große Welle gekommen?
5. Am Ende der Geschichte hat die Wassernixe den Mann nicht gemocht. Warum hat sie ihn nicht gemocht?
6. Ist er lange unglücklich geblieben?

Geschichte 22

Target words and phrases

sinkt = sinks — ist…gesunken = sank (singular)
sind…gesunken = sank (plural)

leer = empty
voll = full (of)
das Loch = the hole
die Löcher = the holes

Die Gummienten

Michael Jackson hat in seiner großen, teueren **Badewanne** gespielt. Seine Badewanne war voll Wasser. Er hat mit vielen kleinen, gelben **Gummienten** gespielt. Er war sehr begeistert. Die Enten sind auf dem Wasser geschwommen. Er hat groβe Wellen gemacht. Die Wellen waren zu hoch und Wasser ist auf den Fuβboden gespritzt. Weil es keine Löcher im Fußboden gab, gab es viel Wasser auf dem Fußboden.

Aber die Gummienten hatten kleine Löcher. Wasser **ist** in die Löcher geflossen (flowed). Die Gummienten sind gesunken. Michael Jackson hat geweint, weil die Gummienten gesunken sind. Das Fenster war offen und **eine echte Ente** ist in das Badezimmer geflogen und ist in der Badewanne gelandet. Die Ente hat die Gummienten unter dem Wasser gesehen. Sie hat gedacht, dass Michael Jackson die Babyenten (or die Entchen) **ertränkt hat**. Die Ente war böse auf Michael Jackson. Sie hat ihn in die Nase gebissen.

Michael Jackson ist aus der Badewanne gesprungen und ist aus dem Badezimmer gelaufen. Er hat **Zeter und Mordio geschrien**. Die Wellen in der Badewanne waren sehr groß. Obwohl die Wellen groß waren, hat die Ente **versucht**, die

Gummienten mit **Mund-zu-Mund-Beatmung** (or Schnabel-zu-Schnabel) zu retten. Schließlich hat sie gemerkt, dass jede Gummiente ein Loch hatte und dass sie nicht echte Enten waren.

Gerade dann (just then) ist Michael Jackson mit einer Pistole zurückgekommen und hat auf die Ente geschossen. Er hat die Ente nicht getroffen. Er hat die Badewanne getroffen. Er

hat viele Löcher in die Badewanne geschossen. Das Wasser ist aus den Löchern geflossen. Die Ente ist schnell durch das Fenster weggeflogen.

Michael Jackson hat die Pistole auf die Ente geworfen, aber er hat sie nicht getroffen. Die Pistole ist in der Badewanne gelandet und gesunken. Schließlich war die Badewanne leer. Aber das Badezimmer war nicht leer. Das Badezimmer war voll Wasser.

Später ist Michael Jackson in seinen Garten gegangen und hat mit seinen Affen gespielt. Er war wieder glücklich.

English meaning of words in bold type
die Gummienten = rubber ducks
die Badewanne = the bath tub
eine echte Ente = a real duck
hat…ertränkt = drowned (somebody) (see * below)
hat Zeter und Mordio geschrien = screamed bloody murder
versucht = attempts, tries
Mund-zu-Mund-Beatmung = mouth to mouth resuscitation

* ertrinken – ertrank – ertrunken = to drown (oneself)
* ertränken – ertränkte – ertränkt = to drown (sb. else)

Beantworte die folgenden Fragen.

1. Spielst du mit Gummienten in deiner Badewanne?
2. Machst du große Wellen in deiner Badewanne?
3. Warum war die echte Ente böse auf Michael Jackson?
4. Wie hat die Ente Herrn Jackson wehgetan?
5. Was hat Herr Jackson mit der Pistole gemacht?
6. Würdest du (would you) schreien, wenn eine Ente dir in die Nase beißt?

Geschichte 23

Target words and phrases
die ganze Nacht = all night long
sinkt wieder = sinks again
ist…gesunken = sank

Die Zwillinge

Zwei Jungen waren **Zwillinge**. Sie sind fischen gegangen. Sie hatten ein Rennboot. Beide sind in das Boot eingestiegen. Beide haben die ganze Nacht gefischt. Die ganze Nacht lang gab es keine großen Wellen.

Um zwei Uhr haben sie ein anderes Boot gesehen. Die Menschen in dem Boot haben geschrieen: „Hilfe! Hilfe! Unser Boot sinkt." Beide Jungen sind mit Höchstgeschwindigkeit zum anderen Boot gefahren. Bevor das Boot gesunken ist, **haben** sie zwei Mädchen **gerettet**. Die Mädchen **sind** auch Zwillinge **gewesen**. Beide Mädchen sagten: „Ihr habt uns gerettet. Wir sind nicht ertrunken. Wir sind beide sehr dankbar."

Alle sind dann im Rennboot an den Strand einer kleinen **Insel** gefahren. Sie **haben** das Rennboot aus dem Wasser **gezogen** und haben ein **Lagerfeuer** gemacht. Das Feuer hat die ganze Nacht gebrannt. Sie **haben** Fisch **gebraten** und sie haben Fisch gegessen. Beide Paare sind spazieren gegangen. Sie sind am Strand entlang gegangen. Sie sind die ganze Nacht am Strand gegangen. Am Strand haben die Mädchen ein anderes Boot gefunden. Es war ein Kanu.

Beide Mädchen sind in das Kanu eingestiegen und sind weggefahren. Beide Jungen sind in ihr Boot eingestiegen und sind auch weggefahren.

Plötzlich haben sie eine Welle gesehen. Ein **Schwertfisch** hat die Welle gemacht. Der große **Schwertfisch** hat das Kanu getroffen und hat ein großes Loch in das Kanu gemacht. Das

Kanu der Mädchen ist gesunken. Sie haben beide geschrien: „Hilfe! Hilfe!. Wir sinken wieder.“ Die Jungen sind zum Kanu gefahren und haben die Mädchen wieder gerettet. Die Mädchen waren sehr dankbar und haben die Jungen umarmt und geküsst.

Die Jungen sind zur **Anlegestelle** gefahren. Als sie bei der Anlegestelle angekommen sind, haben die Mädchen die Jungen wieder umarmt und geküsst. Die Mädchen sind nach Hause gefahren und die Jungen haben gesagt: „Es macht Spaß, die ganze Nacht zu fischen.“

English mea ning of words in bold type

die Zwillinge = the twins
haben…gerettet = saved
sind…gewesen = were
die Insel = the island

haben…gezogen = pulled
das Lagerfeuer = the campfire
haben…gebraten = roasted
der Schwertfisch = the swordfish
die Anlegestelle = the marina

Beantworte die folgenden Fragen.

1. Ist das Rennboot der Jungen gesunken?
2. Was hat das Loch in das Kanu gemacht?
3. Was haben die Mädchen und die Jungen auf der Insel gegessen?
4. Wie oft haben die Jungen die Mädchen gerettet?
5. Die Mädchen waren dankbar, dass die Jungen sie gerettet haben. Wie haben sie gezeigt (showed), dass sie dankbar waren?

Geschichte 24

Target words and phrases

die ganze Nacht = all night
die ganze Nacht lang = all night long

Dorothy

Es ist Abend und ein Mädchen ist in ihrer Badewanne. Sie heiβt Dorothy und sie wohnt in Kansas. Dorothy trägt einen Badeanzug und spielt mit ihren Gummienten, während sie in der Badewanne ist. Sie ist glücklich. Ihr Hund Toto ist auch mit ihr in der Badewanne. Er schwimmt glücklich herum und macht groβe Wellen. Die Wellen sind so groβ, dass die Badewanne halb leer ist.

Plötzlich kommt ein groβer Tornado. Der starke Wind hebt das Haus vom Boden und hebt die Badewanne, Dorothy und Toto in **die Luft**. Die Gummienten und das Wasser fliegen aus der Badewanne. Dorothy und der Hund bleiben in der Badewanne. Die Badewanne ist leer auβer Dorothy und Toto.

Dorothy will keine Reise machen, aber die Badewanne fliegt die ganze Nacht lang. Endlich (schlieβlich) landet die Badewanne in der Mitte eines groβen Sees. Als die Badewanne in dem Wasser landet, macht die Badewanne eine groβe Welle. Die Badewanne sinkt **fast**, weil sie **fast** voll Wasser ist. Ein **Topf** fällt vom **Himmel** und Dorothy **leert die Badewanne** mit dem Topf **aus.**

Plötzlich kommt ein böser, fliegender Affe. Er fliegt auf Dorothys Kopf und will sie schlagen. Toto springt auf den Affen und beiβt ihn. Er beißt ein groβes Loch in das Bein des

Affen. Der Affe **schreit Zeter und Mordio** und fliegt weg.

Dann kommt die böse Hexe des Westens. Sie fliegt auf ihrem Besen und lacht böse. Der Hund hat Angst vor der Hexe, aber Dorothy wirft den Topf auf die Hexe. Sie trifft die Hexe. Die Hexe fällt ins Wasser und ertrinkt. Dorothy fischt den **Besen** und die roten Slipper der Hexe aus dem Wasser. Sie zieht die Slipper an und **rudert** die Badewanne mit dem **Besen**.

Dorothy hat vergessen, dass sie nur einen Badeanzug anhat und es ist ihr kalt. Aber dann kommt die gute Hexe des Nordens. Die gute Hexe heißt Glenda. Glenda **berührt** Dorothys Schulter. Plötzlich hat Dorothy sehr elegante Kleider an. Dann **berührt** sie die Badewanne. Die Badewanne ist jetzt ein Rennboot.

Dorothy fährt mit Höchstgeschwindigkeit zum Strand. Sie fährt gegen einen Felsen (large rock). Der Felsen macht ein großes Loch in die Seite des Rennbootes. Das Rennboot sinkt langsam. **Sie wundert sich**: „Wie komme ich nach Hause? Ich werde ertrinken." Da hat sie eine Idee. Sie klickt ihre Schuhe zusammen und sagt: **„Zu Hause ist der beste Platz***."

Plötzlich fliegen Dorothy und Toto zurück nach Kansas. Sie landen im Bett und sie sind glücklich.

English meaning of words in bold type

die Luft = the air

fast = almost

der Topf = the pot

der Himmel = the sky (or heaven)

leert die Badewanne…aus = empties the bath tub

ausleeren = to empty leert…aus = empties

schreit Zeter und Mordio = screams bloody murder

der Besen = the broom

rudert = rows

berührt = touches (gently) berühren = to touch (gently)
fasst…an = touches, but not gently
Sie wundert sich = she wonders

* Zu Hause ist der beste Platz. = A German would say „Zu Hause ist der beste Ort," but we all know Dorothy comes from Kansas.

Beantworte die folgenden Fragen.

1. Wie lange fliegen Dorothy und Toto?
2. Was passiert (happens) mit den Gummienten?
3. Wo landen Dorothy und Toto.
4. Wie bekommt Dorothy ein Rennboot und elegante Kleider?

Geschichte 25

Target words and phrases

der Besitzer = the owner

haben…betreten = entered betritt = enters

hat…bekommen = got, received bekommt = gets

die Zeitung = the newspaper

Das Spukhaus

Ein Junge hat seine Freundin gebeten, mit ihm zu einem **Spukhaus** zu fahren. Sie sind zum Spukhaus gefahren. Es war sehr dunkel, denn es gab keinen Mond. Das Spukhaus war sehr dunkel.

Der Besitzer des Spukhauses hat die Tür aufgemacht und hat sie ins Spukhaus eingeladen. Sie haben das Spukhaus betreten. Der Besitzer hat ein böses Lächeln gelächelt. Er hat gesagt: „Willkommen in meinem lieben Heim." Es war sehr dunkel in dem Spukhaus. Das Mädchen hatte Angst, aber sie hat das Haus **trotzdem** betreten, weil ihr Freund schon das Haus betreten hatte.

Der Besitzer des Hauses war **gruselig**. Er hat sich umgedreht und **hat gestöhnt**: „Kommt." Eine Zeitung war in seiner hinteren Hosentasche. Es war zu dunkel, um die Zeitung zu lesen. Sie haben ein Esszimmer betreten. Er hat ihnen eine Suppe angeboten.

Das Mädchen hat gedacht: „Dies ist ein sehr komisches Spukhaus. Warum essen wir?" Ein Kellner ist gekommen und sie haben Suppe bekommen. Der Kellner hatte dunkle Augen. Ihr Freund hat die Suppe sofort gegessen.

Der Besitzer des Spukhauses ist an dem Mädchen vorbeigegangen und die Zeitung ist aus seiner Tasche gefallen.

Das Mädchen hat die Zeitung aufgehoben. Sie hat die **Schlagzeile** gelesen: "Massenmörder entkommt (escapes)." Das Bild des Besitzers war unter der Schlagzeile. Neben dem Bild war das Bild eines blutigen Kopfes. Das Mädchen hatte Angst. Sie hat zu ihrem Freund geschaut, aber er war weg. Dann hat sie ein Auge in seiner Suppe gesehen. Das Auge **ist** in seiner Suppe **geschwommen.**

Sie hat geschrien und ist aufgesprungen und wollte weglaufen, aber jemand **hat** sie von hinten **gepackt** und hat einen schwarzen Sack über ihren Kopf gesteckt. Sie hatte **Todesangst** und hat Zeter und Mordio geschrien. Dann hat sie Lachen gehört und jemand hat den Sack von ihrem Kopf abgenommen. Es war jetzt hell in dem Spukhaus. Ihr Freund war auch da und hat gelacht. Alle seine Freunde waren da und hatten Kostüme an. Endlich hat sie verstanden, dass alles ein gemeiner (mean / dirty) Trick war.

Sie war **wütend**. Sie hat sehr leise etwas gesagt. Ihr Freund ist zu ihr gegangen und hat gefragt: „Was hast du gesagt?“ Plötzlich hat sie ihn auf die Nase geschlagen. Er ist zu Boden gefallen und hat gewimmert (whimpered). Sie hat sich blitzschnell umgedreht und der „Besitzer“ hat auch eine Faust auf die Nase bekommen.

Das Mädchen ist weggefahren. Sie war immer noch wütend, aber sie hat gedacht: „Er wird sich lange an diese Nacht **erinnern**. Vielleicht erinnert er sich an diese Nacht länger als ich?“

English meaning of words in bold type

das Spukhaus = the haunted house
trotzdem = anyway, nevertheless
gruselig = creepy
hat gestöhnt = moaned, groaned
die Schlagzeile = the headline
ist…geschwommen = floated (can also mean “swam.” Here it means floated)
hat…gepackt = grabbed
die Todesangst = the mortal fear
wütend = enraged, furious
erinnern = remember

Beantworte die folgenden Fragen.

1. Was haben das Mädchen und der Junge zum Essen bekommen?
2. Haben sie etwas anders auch zum Essen bekommen?
3. Das Mädchen hat einen Schreck (schock, terror) bekommen. Warum hat das Mädchen einen Schreck bekommen?
4. Hat der Junge schließlich einen Schreck bekommen?

Geschichte 26

Target words and phrases

der Besitzer = the owner
der Schlüssel = the key
bricht = breaks
zerbricht = ruin = shatter
das Waschbecken = the bathroom sink

Das schreckliche Hotel

Eine Frau ist im Urlaub. Sie fährt zu einem Hotel. Sie geht in das Hotel und spricht mit dem Besitzer. Der Besitzer gibt ihr einen Schlüssel. Sie geht zum Zimmer und probiert den Schlüssel. Sie macht die Tür auf und betritt das Zimmer. Sie stellt ihren Koffer auf den Boden und betritt das Badezimmer. Aber ein Mann ist im Badezimmer. Er sitzt in der Badewanne und liest die Zeitung. Die Frau ist schockiert und rennt aus dem Badezimmer, aber sie stößt gegen das Waschbecken. Das Waschbecken zerbricht und fällt zu Boden. Die Frau rennt aus dem Zimmer. Dann merkt die Frau, dass ihr Koffer immer noch im Zimmer ist, also betritt sie sehr leise das Zimmer und nimmt ihren Koffer. Sie denkt: „Ich habe das falsche Zimmer betreten. Ich gehe zum richtigen Zimmer."

Das erste Zimmer war Nummer 710. Sie geht dann zu 810. Sie nimmt den Schlüssel aus ihrer Handtasche und will die Tür aufmachen. Der Schlüssel **passt** nicht. Sie stößt mit der Schulter gegen die Tür und die Tür zerbricht (or geht kaputt). Die Tür und die Frau fallen zu Boden. Die Frau hebt die Tür auf, **lehnt** die Tür gegen den **Türpfosten** und sie betritt das Zimmer.

Sie stellt den Koffer auf den Boden und betritt das Badezimmer. Sie sieht eine Spinne an der Wand über dem Waschbecken. Sie wirft den Schlüssel auf die Spinne, aber sie trifft die Spinne nicht. Der Schlüssel landet in dem Waschbecken. Sie nimmt den Schlüssel und steckt ihn in ihre Handtasche. Weil die Frau Spinnen hasst, will sie die Spinne töten. Die Frau setzt sich auf das Waschbecken und will die Spinne **zerquetschen.** Aber das Waschbecken zerbricht und die Frau fällt zu Boden. Die Spinne landet auf ihrem Kopf und die Frau schreit Zeter und Mordio.

Sie rennt mit ihrer Handtasche und dem Koffer aus dem Zimmer. Als sie **die Treppen** hinunterrennt, fällt sie und bricht sich das rechte Bein. Der Krankenwagen (or Rettungswagen) kommt und die Sanitäter (EMS people) betreten das Hotel.

Als die Frau auf der **Bahre** aus dem Hotel getragen wird, sieht sie den Besitzer des Hotels. Sie wirft den Schlüssel auf ihn und sagt zu ihm: „Sie haben ein schlechtes Hotel. Ich betrete dieses Hotel nie mehr."

English meaning of words in bold type

passt = fits
lehnt = leans
der Türpfosten = door jamb
zerquetschen = squash
die Treppen = the stairs
die Bahre = the strecher

Beantworte die folgenden Fragen.

1. Was findet die Frau im ersten Zimmer?

2. Was hat sie im ersten Zimmer vergessen (forgot)?
3. Wie zerbricht die Tür des zweiten Zimmers?
4. Wie zerbricht das Waschbecken?
5. Was bricht sich die Frau zuletzt?
6. Hast du einmal etwas zerbrochen? Was hast du zerbrochen?

Geschichte 27

Target words and phrases

zerbricht = shatters

hat…zerbrochen = shattered — *Someone shatters something (with an object).*

ist…zerbrochen = shattered — *Something shatters (with no object).*

geht kaputt = breaks

hat…kaputt gemacht = broke

versucht = tries

hat…versucht = tried, attempted

hat…versucht zu reparieren = tried to repair

hat…repariert = repaired

Er muss viel reparieren

Ein Mann hat **Pech**. Alles, was er anfasst, zerbricht. Es ist Morgen und er wacht auf. Er sitzt auf dem Bett, aber das Bett zerbricht. Alle vier Beine des Bettes zerbrechen. Er will das Bett reparieren. Er geht in den **Keller** und bringt **Klebeband**.

Er legt sich auf den Boden und versucht, das Bett zu reparieren. Leider kann er das Bett nicht reparieren.

Er betritt die Küche und setzt sich an den Tisch. Er will Frühstück essen. Er setzt sich auf den Stuhl und der Stuhl geht kaputt. Er versucht, den Stuhl mit **Klebeband** zu reparieren. Leider kann er den Stuhl nicht reparieren. Er macht Toast. Aber der Toaster geht kaputt. Der Toaster **verbrennt**. Er versucht nicht, den Toaster zu reparieren.

Er geht zum Auto und will zur Arbeit fahren. Er macht die Tür auf, aber die Tür fällt ab. Er will die Tür des Autos reparieren. Er versucht, die Tür mit Klebeband zu reparieren.

Changing tense – (conversational past/Perfekt)

Schlieβlich ist der Mann zur Arbeit gefahren. Während er zur Arbeit gefahren ist, hat er eine Fliege am Fenster neben sich gesehen. Er hat mit einem Hammer auf die Fliege geschlagen. Er hat das Fenster in 1000 Stücke zerbrochen (mit OBJ). Das Fenster ist in 1000 Stücke zerbrochen (ohne OBJ). Er hat nicht versucht, das Fenster zu reparieren.

Der Mann **hat sich entschieden**, in Urlaub zu gehen. Er ist zu einem Hotel gefahren. Er hat mit dem Besitzer gesprochen und der Besitzer hat ihm einen Schlüssel gegeben. Der Mann hat versucht, die Tür mit dem Schlüssel zu öffnen, aber er hat den Schlüssel zerbrochen. (or – aber er hat den

Schlüssel kaputt gemacht.) Er hat nicht versucht, den Schlüssel zu reparieren. Glücklicherweise war die Tür nicht **verschlossen.** Er hat die Tür aufgemacht. Er hat sich in die Badewanne gelegt. Aber in der Badewanne gab es ein Loch. Er hat versucht, das Loch mit Klebeband zu reparieren. Glücklicherweise konnte er das Loch reparieren und er hat sich gebadet. Der Rest seines Urlaubs war wunderbar. Er hat nur die Hälfte der **Gegenstände**, die er angefasst hat, zerbrochen.

English meaning of words in bold type

das Pech = the bad luck
der Keller = the cellar, basement
das Klebeband = duct tape, adhesive tape
verbrennt = burns up, incinerates
hat sich entschieden = decided
verschlossen = locked
die Gegenstände = objects

Beantworte die folgenden Fragen.

1. Wie hat der Mann versucht, das Bett zu reparieren?
2. Wie ist der Toaster kaputt gegangen?
3. Womit hat der Mann das Autofenster zerbrochen?
4. Warum hat der Mann auf das Autofenster geschlagen?
5. Hast du schon einmal Klebeband benutzt, um etwas zu reparieren?

Geschichte 28

Target words and phrases

Many of the target words and phrases in the previous stories are used in this last story.

Sie mag nur Männer mit Bart

Ein Junge liebt eine Frau. Er ist nur fünfzehn Jahre alt. Sie ist Studentin an der Ohio State Universität. Die Frau ist 19 Jahre alt. Sie mag nur Männer mit Bart. Sie mag keine Jungen. Der Junge hat aber keinen Bart. Er geht die Strasse entlang und schaut hinunter auf den Gehsteig (sidewalk). Er ist unglücklich. **Er hat keine Chance, mit der Frau zu gehen.**

Plötzlich sieht er einen goldenen Schlüssel. Auf dem Schlüssel steht eine Adresse. Er denkt: „Vielleicht geben sie mir eine Belohnung (a reward), wenn ich den Schlüssel zurückgebe." Er geht zur Adresse. Die Adresse ist eine **Fabrik**. Die Fabrik heiβt „ROGAIN." Der Junge geht zu der Rezeption. Die Frau bei der Rezeption ruft den Chef (boss) an und erzählt ihm von dem goldenen Schlüssel.

Der Chef kommt gelaufen und fragt den Jungen, wo er den Schlüssel gefunden hat. Der Junge sagt, dass er den Schlüssel um die Ecke gefunden hat. Der Chef gibt dem Jungen $1000 Bargeld (cash) und sagt ihm, er soll mit niemandem über den Schlüssel reden. Der Junge ist sehr glücklich. Er läuft aus der Fabrik und lacht vor Freude (joy). Er läuft um die Ecke und stöβt gegen eine junge Frau. Sie fällt auf ihren Hintern. Er hebt sie auf und sagt: „Entschuldigung."

Sie sagt: „Ich bin OK. Warum läufst du um die Ecke? Das ist gefährlich (dangerous)." Aber dann lacht er wieder. Sie schaut ihn komisch an und sagt: „Warum lachst du? Ich bin auf den Boden gefallen und du lachst?"

Der Junge sagt: „Entschuldigung, aber ich habe gerade $1000 Bargeld für einen kleinen goldenen Schlüssel bekommen."

Sie fragt: „Wer hat dir das Geld gegeben?"

„Der Chef von der ROGAIN **Fabrik** hat mir das Geld gegeben", sagt der Junge.

Die junge Frau sagt: „Ich bin Reporterin an der Boston Globe-Zeitung. Bitte sage mir alles, was der Chef dir gesagt hat."

Der Junge antwortet: „Ich mag deine Zeitung, aber ich habe dem Chef versprochen (promised), dass ich meinen Mund halte."

Dann sagt die Frau: „Ich arbeite für die Zeitung, aber ich arbeite wirklich (really) für das FBI. Du kannst mir helfen. Was hat dir der Chef alles gesagt?"

Der Junge sagt: „Der Chef hat mir nichts gesagt, aber die Frau bei der Rezeption hat mir gesagt, dass der Schlüssel für eine goldene Tür im Keller ist. Sie hat mir gesagt, dass sie dort neue Produkte erfinden. Im Keller ist ein großes Labor (laboratory)."

Die FBI-Frau sagt: „Es ist bald dunkel. Wir haben nicht viel Zeit. Wenn es dunkel wird, wechseln (change) sie die Wachen (the guards). Die Wachen sprechen für fünf Minuten. Wir können dann in den Keller kriechen."

Sobald es dunkel ist, kriechen sie in den Keller. Sie finden die goldene Tür. Die FBI-Frau hat einen High-Tech-Schlüssel. Sie macht die Tür auf. Sie betreten das Labor und schauen sich um. Niemand ist in dem Labor. Sie schauen sich um und finden Flaschen (bottles), auf denen „Streng geheim (top secret) steht." Auf jeder Flasche steht auch „Achtung! Nur für Haarwachstumsexperimente (for hair growing experiments)." Die Frau sagt: „Genau das suche ich." Sie nimmt eine **Flasche** und sagt: „Wir werden es im FBI-Labor analysieren." Während die Frau nicht zuschaut, nimmt der Junge auch eine **Flasche** und steckt sie in seine Tasche. Er denkt: „Jetzt kann ich mir einen Bart wachsen lassen."

Beide schleichen (sneak) aus der Fabrik. Die Frau geht gleich zu dem FBI-Labor und der Junge geht nach Hause. Er ist in seinem Badezimmer und **schmiert** (smears) sein Gesicht mit der grünen Flüssigkeit (fluid) **ein**. Am nächsten Tag geht er zur Uni (university) und trifft die Studentin. Er hat jetzt einen schwarzen Bart. Er spricht mit ihr und sie betreten ein Restaurant. Das Restaurant ist neben einem Wal-Mart.

Das Mädchen mag den Jungen sehr, weil er so gut mit seinem Bart aussieht. Sie weiß nicht, dass er nur fünfzehn Jahre alt ist. Aber dann gibt es ein Problem. Der Junge merkt, dass das Haar an seinen Handflächen (palms) anfängt zu wachsen. Er sagt: „Entschuldigung. Ich muss meine Hände waschen." Er geht schnell weg.

Er rennt zum Wal-Mart und kauft einen Rasierapparat. Er geht in die Toilette und rasiert seine Handflächen. Der Besitzer des Wal-Markt kommt in die Toilette und sagt: „Sie sollen sich nicht in der Toilette rasieren." Der Junge geht dann zurück, betritt wieder das Restaurant und setzt sich.

Das Mädchen schaut ihn an und sagt: „Dein Bart ist sehr lang. Wie oft rasierst du dich?" Der Junge berührt (touches gently) seinen Bart und merkt, dass der Bart sehr lang ist.

Er sagt: „Entschuldigung“, und steht auf. Er geht wieder in die Toilette. Er schaut sich im Spiegel (mirror) an und denkt: „Ich sehe wie eine haarige Ratte aus.“ Er rasiert sein Gesicht. Er hat fast keinen Bart mehr. Dann versucht er wieder, seine Handflächen zu rasieren. Er versucht, alle Haare auf seinen Handflächen zu rasieren. Seine Hände sehen jetzt normal aus. Der Junge ist jetzt aber sauer und er schlägt auf das Waschbecken. Das Waschbecken zerbricht.

Gerade dann kommt der Besitzer des Restaurants in die Toilette.

Er schreit den Jungen an: „Du wirst für die Reparatur des Waschbeckens bezahlen. Das kann man nicht mit Klebeband reparieren.“

Der Junge sagt: „Es tut mir Leid. Ich wollte das Waschbecken nicht zerbrechen.“ Er gibt dem Besitzer die $1000 Bargeld. Der Besitzer ist jetzt in guter Laune (good mood).

Der Junge geht wieder zu der Studentin und setzt sich. Er weint fast. Er erklärt der Frau alles. Er sagt ihr, dass er sie liebt, aber dass sie nur Männer mit Bart mag. Er erklärt ihr dann alles über den goldenen Schlüssel, das FBI und die Flasche. Sie hat Mitleid mit ihm (has sympathy for him) und versucht, ihn zu trösten (comfort). Sie umarmt ihn und küsst ihn. Sie sagt: „Du hast Recht. Ich mag Männer mit Bart. Aber ich mag dich auch. Ich habe jeden Mittwochabend frei. Willst du mit mir zu diesem Restaurant kommen? Ich kann bezahlen."

Er lächelt und sagt: „Ja. Das wäre (would be) sehr schön."

Der Junge geht dann nach Hause. Er muss sich jeden Tag zweimal rasieren, aber endlich sind seine Handflächen und sein Gesicht wieder normal. Er versucht nicht mehr, sich schnell einen Bart wachsen zu lassen.

English meaning of words in bold type

Er hat keine Chance, mit der Frau zu gehen. = He has no chance to go out with the woman.
die Fabrik = the factory
die Flasche = the bottle
schmiert...ein = smears on (here), greases
einschmieren = to smear on (here) , to grease

Acknowledgements

I am indebted to several people who helped make this book possible. I'd like to thank my wife for her patience and encouragement as I was chasing my dream of teaching German. Her encouragement to begin publishing the stories I wrote for my students during the last five years was key to making this book a reality. I also want to thank Sabine Rankin for her proof-reading and invaluable German language insight. Tony Evans was kind enough to proof the formatting and provide other language guidance.

Jim Kramer, Bill Roys, and Matt Blackwell gave me frequent information systems support and guidance. Thanks to Elizabeth Vest. She gave her artistic talent and special effort to attractively illustrate each story.

Lastly I'd like to thank both Tony Evans and Jennifer Smith-Gerlach who use the stories in their classrooms and have provided valuable feedback.